Teresa Cremisi

# La Triomphante

Gallimard

Teresa Cremisi est éditrice. *La Triomphante* est son premier roman.

# TÔT LE MATIN

J'ai l'imagination portuaire.

La liste est longue de ce qui fait battre mon cœur – photos jaunies, poèmes, chansons, images de films – et représente ou raconte les quais, les bateaux, les docks, les balles de coton, les containers, les grues, les oiseaux de mer.

Je suis née dans une grande ville poussiéreuse, au dernier étage d'une clinique dénommée l'«Hôpital grec», tout près d'un port. Un port plus célèbre que les autres, où l'Histoire a séjourné plusieurs fois avec éclat; elle y a accompli d'étranges allers et retours, au hasard des siècles, sans cap apparent.

Un port qui a connu la gloire et l'oubli, une charnière du monde, à la croisée de tous les chemins. Cléopâtre y est née (un peu avant moi, quand même) et pendant des millénaires le sable des plages autour a restitué des monnaies de tous genres. Des monnaies polies par l'eau, le sel, le vent.

Ma mère a eu l'idée de demander à un bijou-
tier arménien d'enfiler sa collection de pièces,
comme si c'était des perles ; aujourd'hui je porte
de temps en temps ce collier bizarre où l'argent
domine (une seule pièce en or, l'or est plus rare,
plus fragile ; quatre ou cinq de cuivre noirci).
Quand on les regarde une à une, les figures ne
sont pas toutes effacées : des profils, des casques
de guerriers, des symboles de civilisations per-
dues. Elles veulent peut-être transmettre des
récits de soldats ou de marins noyés, endormis,
détroussés, échoués, oubliés.

Une histoire silencieuse, qui me donne des
frissons.

Je suis née à Alexandrie, de l'autre côté de la
Méditerranée. Je n'écris pas aujourd'hui pour
exprimer une quelconque nostalgie. Les lieux
sont pour moi les seuls déclencheurs d'une tempête violente, mais la nostalgie n'est pas un
sentiment que j'aime cultiver.

Je suis un esprit pragmatique, terre à terre.

★

Au début des années quarante, la petite fille
que j'étais avait sous ses yeux un univers à découvrir. C'est ainsi pour tous les enfants, mais le
monde offert par une civilisation finissante porte
en soi quelque chose de désordonné, d'inco-

hérent, d'élégant. La coexistence du souffle de l'Histoire et de bruits avant-coureurs de la modernité, le parfum de la pourriture, la lèpre qui mange les murs, les fleurs sauvages et indisciplinées, les rires d'une liberté impertinente, le fatalisme joyeux constituent un mélange qui n'avait pas besoin d'être exprimé par les mots pour marquer un enfant.

S'impose à moi une image de ce bonheur-là. Mon lieu de promenade préféré, on y allait en voiture. Je dirais vingt ou trente kilomètres par une route qui côtoyait la voie du vieux tramway au départ de la gare de Ramleh et filait vers Rosette. Le train des pauvres. Nous, c'était en Chevrolet. Tout de même, dans mon souvenir, c'était long : charrettes, chiens, enfants, paniers de légumes.

À l'arrivée une grande baie, un arc très évasé ouvert aux vents. C'était Aboukir.

La baie avait un peu la forme d'un hameçon, la pointe étant un fort en ruine.

L'image laisse entrevoir cet arc alangui, ce sable uniforme, des rochers sombres affleurant çà et là, servant d'appui à de petites plates-formes en bois. Des cafés, des restaurants (difficile de les appeler ainsi…). Même si cette photo a été prise bien avant les après-midi de mon enfance, rien n'a changé dans mon souvenir. Le train s'arrête à une station bruyante quelques mètres plus loin ;

nous, on gare la voiture contre un talus en laissant les clés à un «gardien» borgne ou manchot
et, par un sentier sale, parfois boueux, on par-
vient à la plage. L'impression dominante est celle
d'une sournoise tranquillité. Le silence ; la mer
lape tout doucement.

— Va choisir tes oursins, disait mon père.
On choisissait les oursins ; s'il n'y en avait pas
assez, on demandait à l'un des garçons qui traî-
naient autour des tables d'aller en pêcher. Dix,
douze, vingt. Si le garçon était sourd ou sourd-
muet, on lui expliquait avec les doigts. Il revenait
vite, ruisselant, avec des ciseaux rouillés et un
citron.

Je remercie le ciel d'avoir pu vivre, il y a longtemps, des fins d'après-midi dans un endroit
oublié, silencieux, avec des oursins et des ciseaux
rouillés.

Grâce à mon père, j'ai su très vite que le lieu
renfermait une histoire de bruit et de fureur.
Il m'avait raconté la bataille du 1$^{er}$ août 1798.
Ensuite, tout au long de ma vie et selon le hasard
des lectures, les détails de cette bataille navale se
sont accumulés dans ma mémoire. Une mémoire
attentive : elle se réveillait, comme un animal
curieux, dès que l'on parlait d'armes et de guerre.
J'ai encore un peu honte de raconter cela : une
petite fille aux robes à smocks et à volants, aux
maillots de bain tricotés par sa nounou, qui

connaissait la différence entre les canons de 36 livres et ceux de 32 livres, s'ils étaient chargés de boulets, d'obus ou de mitraille, s'ils accaparaient deux ou trois hommes pour synchroniser les tirs.

J'ai vite compris que c'était rare les petites filles qui aimaient les batailles navales et je me suis toujours montrée discrète sur mon savoir maritime et militaire. Il était inexplicable, ne s'accompagnait pas d'un tempérament violent, ni d'une érudition utilitaire, en vue d'un quelconque profit. C'était un savoir autodidacte accumulé sans raison, ni intérêt, ni but. Il ne convenait pas à une enfant des années quarante, ni à la femme que je suis devenue.

Aujourd'hui encore, c'est un savoir caché. Il me tient compagnie.

À cause des après-midi d'Aboukir, des oursins et des couchers de soleil regardés en silence, j'ai souvent rêvé devant les batailles navales exposées dans les musées d'Europe ; je me suis lancée (alors que ce n'est pas tout à fait mon métier) dans une traduction de *Salammbô*, le plus tonitruant et sanguinaire des romans à ma portée ; traduction qui me laissait pantelante de fatigue et d'effroi à la fin de chaque page.

Rien ne sert, si on veut comprendre, de regarder ces affrontements dans des tableaux plus ou moins célèbres. Rien, sauf l'imagination, ne permet de voir et d'entendre ce qui par exemple s'est passé une nuit d'été à Aboukir. Cette baie – je la revois baignée d'une lumière douce – a été embrasée par une succession d'événements inouïs. Comment déclenche-t-on les tirs dans une nuit sombre d'août, comment positionner les bateaux, comment coordonner une rafale d'ordres, comment ne pas se détruire entre vaisseaux d'une même flotte ? Sans pouvoir communiquer d'un bâtiment à un autre, sans éclairage à part des flammèches ondulantes, sans savoir qui est encore vivant, déjà blessé à mort, passé par-dessus bord ?

L'imagination me permettait alors d'entendre aussi les cris, les craquements affreux, les explosions. Plus tard, il m'apparut que les batailles navales, plus que les autres, étaient un symbole tragique. Tant de savoir-faire, de troncs d'arbres acheminés vers les chantiers par des péniches, de milliers d'heures de travail d'artisans habiles, tant d'intrépidité. Tout cela brûlé, noyé en quelques heures. Sans utilité aucune.

Assise sur le sable d'Aboukir, en plissant un peu les yeux, je pouvais voir avancer ces créatures imposantes portant des noms beaux et terribles : *Guerrier*, *Peuple-Souverain*, *Aquilon*, *Tonnant*, *Heureux*… et le plus grand, le plus armé (mille deux cents hommes), *L'Orient*. Il avait explosé à onze heures, en pleine nuit.

Je me demande s'il y avait eu ce soir-là des paysans ou des bédouins, assis comme moi enfant, sur cette plage. Je me demande à quoi ressemblait la plage le lendemain matin. Quand les vagues ont recommencé à laper doucement.

★

Vers la fin du mois de mars, je sentais toujours poindre chez ma mère une impatience certaine.

— ... il fait très humide. Le vent est poisseux. Ce n'est pas bon pour la petite.

Je sentais bien que j'étais un alibi. Il fallait absolument que «la petite» aille respirer le bon air frais et sain d'Europe. La Suisse, ah, la Suisse ! Des souvenirs faisaient frémir sa voix. Rien ne serait mieux que la Suisse pour cette enfant chérie. À la rigueur l'Autriche, le sud de l'Allemagne. Les prairies, les pâquerettes, les nuits froides, le *bircher muesli* du matin. La voix du père devenait très nonchalante :

— ... mais il y a la guerre !

C'était en effet une bonne raison pour rester tranquilles dans la maison avec terrasse qui donnait sur le *Sporting Club*.

Un soupir en réponse. D'accord, il y avait la guerre. Mais on aurait quand même pu s'arranger. Les bateaux de la compagnie Adriatica appareillaient encore deux fois par mois du port d'Alexandrie pour Gênes, Naples ou Venise.

— … il y a la guerre, peut-être, mais nous sommes Italiens !

— … pas toi, tu as un passeport britannique…

La mère au passeport britannique (elle n'avait jamais mis les pieds en Angleterre et accordait peu d'attention aux forces militaires en jeu) avait dû se résigner à passer les étés à la maison.

Au bout du compte, ce furent des années inoubliables pour tout le monde.

Très vite, les conditions se durcirent. Le père «italien», afin d'éviter d'être interné dans un camp anglais, dut se réfugier dans le delta du Nil. Il y passa de très belles années, habillé de gallabeyyas blanches, dormant dans des maisons de paille et de boue. Il buvait du thé avec les paysans, riait avec les enfants, écoutait les hommes raconter des histoires de tous les jours (les mêmes depuis des millénaires), mangeait dans des gamelles cabossées, regardait pousser les plants de coton d'un œil expert.

La mère «anglaise» avait découvert, elle, une liberté que les marges de l'Histoire accordent pour un temps limité. La ville s'était remplie de soldats britanniques, on entendait les bombardements tonner presque tous les jours à l'ouest, du côté de Marsa-Matrouh, d'El-Alamein ; elle conduisait des ambulances, avait des amis au mess des officiers. La guerre outre-mer rend les jeunes hommes sentimentaux. Cela les amenait, le soir, à déclamer des poèmes, une bière à la main, ou à chanter des ballades anciennes, la voix éraillée et les yeux embués. Certains jeunes intellectuels sortis de Cambridge ou d'Oxford se retrouvaient en uniforme, ensablés dans une ville d'Orient fatiguée et charmeuse, à l'âge où ils auraient dû commencer une vie sage sous des cieux gris. Ce fut pour eux d'étranges et dangereuses vacances.

Ma mère devenait de plus en plus jolie. De ces mois, de ces années de bonheurs incongrus, il ne reste que quelques photos et quelques livres reliés dans les affaires préservées de la furie destructrice qui s'emparera d'elle à la fin de sa vie. Je ne me suis jamais séparée d'un recueil de Rupert Brooke (le plus bel homme d'Angleterre selon Yeats, mort à vingt-sept ans à bord d'un bateau de la Royal Navy au large de Skyros : certainement un héros pour un des jeunes officiers en poste en Égypte). Le livre est relié en cuir bleu sombre, tranche dorée. Il porte une dédicace enflammée, un poème est souligné :

*Oh ! Death will find me, long before I tire*
*Of watching you...*

Quant à moi, les années de guerre furent mises à profit : j'appris le grec avec ma nounou Magda, l'arabe avec Mohammed, l'homme à tout faire de la maison, la broderie avec une couturière arménienne, la pêche avec un cousin qui avait raté son bac, la danse avec une mythomane russe et rousse, la culture des vers à soie avec une petite voisine, Myriam. J'oubliais : Bonaparte et Nelson venaient me tenir compagnie le soir. Je lisais aussi dans mon lit *Le Médecin malgré lui*, en riant aux larmes.

★

Cette histoire de passeports aux provenances variées dans une même famille ne s'avérait pas une particularité qui nous était propre. La plupart de mes cousins possédaient d'autres passeports encore (allemands, espagnols, suisses – le comble du chic) et ce n'était pas vraiment un sujet de conversation entre nous. Ces documents, privés de toute symbolique, ne reflétaient pas une histoire ancienne, ne témoignaient d'aucune racine précise. Avoir un passeport nous distinguait seulement du petit peuple égyptien, qui n'en avait pas. Plus tard, j'ai appris qu'en général les passeports italiens s'achetaient avec facilité ; pour les Français c'était un peu plus compliqué ; les Anglais, eux, faisaient des histoires, exigeaient des preuves. Ce qui donnait une valeur certaine au passeport britannique de ma mère.

De toute façon, il m'apparut assez tôt, disons vers neuf dix ans, que nous appartenions à une société qui parlait français, habitait dans des immeubles vaguement haussmanniens ou franchement Art déco, aimait la France de manière exagérée et obsessionnelle. Cette société passait son temps à prendre le bateau, aller « en Europe », vaquer à des occupations plus ou moins poétiques, et revenir au port d'Alexandrie en automne. Avec beaucoup de bagages et souvent une voiture neuve rutilante qui, prisonnière d'un robuste filet, était débarquée sur le quai avec précaution, sous les regards d'un attroupement admiratif et sentencieux.

Je situe à peu près au même âge l'impression que tout était provisoire, pour nous, pour les autres, pour l'humanité entière. Inutile de faire tant d'histoires, certains étaient plus exilés que d'autres et s'en accommodaient, certains au contraire construisaient et entretenaient des illusions d'appartenance : le sujet était vaste et délicat, il valait donc mieux penser à autre chose.

Ce flou concernant la « nationalité » trouvait une correspondance dans la richesse et la pauvreté. Nous étions riches, mais conscients que c'était une chance et un accident. La richesse n'était pas la conséquence d'un travail méritant, d'un commerce visionnaire, d'un talent particulier ; ni même la récompense d'une vertu ou un état définitif qui assurait un futur confortable ; il était ridicule de se vanter de l'aisance et honteux d'en faire un outil de domination.

L'équilibre était instable.

La valeur des monnaies changeait pour des raisons que je n'ai jamais entendu qualifier d'économiques ; les patrimoines s'écroulaient ; les carrières s'effondraient. Il y avait ceux qui mettaient leurs biens dans des coffres-forts suisses, mais ils étaient contraints de prendre des airs de conspirateurs ; leur vie devenait de plus en plus compliquée ; ils ne pouvaient pas dépenser avec insouciance un argent dont ils s'étaient eux-mêmes privés en investissant sur un hypothétique avenir.

Bien plus tard, je me suis dit que l'attitude des adultes de mon enfance envers l'argent pouvait s'assimiler à de la méfiance ou du mépris envers le capitalisme. Le lien, si évident dans le monde occidental, entre le travail, le mérite, la réussite sociale d'un côté, et l'argent de l'autre, n'était pas établi pour eux, il n'existait pas.

Ce n'était ni une posture ni un choix philosophique. Mais une force naturelle qui m'a profondément marquée et dont je ne découvris l'excentricité que lorsque j'entrai dans « le monde du travail ».

Ne pas respecter les riches ne signifiait pas que les pauvres étaient pour autant admirables et sanctifiés. Il y avait autant de méchants parmi les pauvres que de bons parmi les riches.

Nous vivions d'ailleurs entourés de mendiants. Jeunes, vieux, plus ou moins estropiés. Si l'on pouvait, on répartissait entre eux des tâches réelles ou imaginaires afin qu'ils puissent vivre de leur travail sans toujours tendre la main. Ils étaient tous promus gardiens de quelque chose (surtout de voitures garées), porteurs de paquets, laveurs de trottoirs, cireurs de chaussures, messagers de lettres, fleuristes improvisés, aides-cuisiniers, délégués à la recherche de fil à coudre, repasseurs de rideaux, préposés aux feuilles mortes.

Il y en avait un, toujours au coin de notre rue, qui, lui, ne pouvait vraiment rien faire : sur un minuscule radeau de bois monté sur de minuscules roues, borgne, sans jambes, il tendait tous les matins la seule main qui lui restait au bout du seul bras. Je lui dois une humiliation cuisante le jour où, chargée de lui donner une pièce, j'objectai : « ... mais il a encore un bras et un œil », voulant par là dire qu'il aurait peut-être pu faire quelque chose lui aussi.

J'entends encore les sarcasmes, les ricanements, le claquement du mot « avare » : la pire des injures dans le vocabulaire familial.

★

Au début des années cinquante, on a commencé à beaucoup parler autour de moi du canal de Suez, qui, dans le langage de tous les jours, était familièrement appelé : le Canal. Cela suscitait des interrogations inquiètes mais sobres.

— Que se passera-t-il pour le Canal ?

— Ils veulent contrôler le Canal ?

— Les Français et les Anglais vont défendre le Canal ?

— Les Russes veulent le Canal ?

Je n'ai jamais perçu d'intonation tragique dans ces questionnements qui pourtant après la destitution du roi (il était turc ou albanais ou les deux : pas grave non plus) se faisaient très fréquents.

À onze ou douze ans, j'étais allée voir ce fameux Canal avec ma classe ; nous avions campé pas loin ; je crois que c'était une sortie scoute, jupe bleu marine et foulard au cou. Le Canal ne m'avait pas fait forte impression et je ne savais pas grand-chose de son histoire ni de l'importance quasi mythologique qu'il revêtait pour le pays où j'étais née.

Presque sans l'avoir décidé, en achetant ici et là des photos d'Orient de la fin du dix-neuvième siècle, j'ai constitué une abondante collection de photos du Canal ; elle donne d'emblée une idée de ce que représenta son ouverture pour les équilibres politiques, commerciaux. En modifiant les distances et en ouvrant d'un coup l'accès à d'autres océans, cette brèche vers l'Asie et le Pacifique transforma la vision géographique des Occidentaux.

Ferdinand de Lesseps et les autorités françaises avaient imposé aux Anglais une Compagnie du Canal qui, tout en préservant les intérêts des deux grandes puissances coloniales de l'époque, donnait à l'Égypte la possibilité d'en contrôler une partie importante des revenus. Cet équilibre se fracassa quand le khédive, ayant dépensé beaucoup plus que ce qu'il en tirait (et n'ayant pas pensé à «investir», quel mot inadapté, dans son pays), revendit ses parts presque en cachette au gouvernement anglais. De là le contrôle anglais du Canal, fondé aussi sur la science innée du grand peuple britannique dans le domaine de la marine marchande et militaire.

Les travaux de construction, l'ouverture et l'inauguration du Canal en 1869 furent des événements suivis au jour le jour par les capitales européennes. L'Inde devenait accessible, l'Extrême-Orient aussi. D'autres colonies pouvaient se développer. Des escales stratégiques comme Aden allaient commencer à prospérer.

Parmi tant d'autres têtes brûlées, Rimbaud, Conrad, Monfreid ont vu les dunes côtières défiler des deux côtés des bateaux sur lesquels ils s'étaient embarqués, ont senti le soleil implacable chauffer les ponts brûlants. Les passages de navires se multipliaient, les voyageurs affluaient. À Port-Saïd, à Ismaïlia et à Suez, les bureaux de poste tout neufs faisaient des affaires : cartes postales, lettres commerciales, mots d'amour étaient postés chaque jour par les Européens en escale. Les sentiments mêlés de ceux qui commençaient une nouvelle vie, marquée par ce passage étroit et aride, presque un long couloir, s'y exprimaient. L'excitation de l'aventure, la peur de tourner le dos à un monde connu et protecteur, la conscience que pour eux rien ne serait plus comme avant.

La photographie en était à ses balbutiements. À partir de 1860 environ, les photographes, originaires pour la plupart d'Europe, s'installèrent en Égypte. Ils expérimentaient de nouvelles techniques. L'impression sur papier albuminé, si précise dans sa définition, si belle dans ses camaïeux de sépia, permettait aussi de graver à la main la signature de l'auteur avant que l'épreuve ne soit sèche.

Francis Frith, Félix Bonfils, Pascal Sebah, Antonio Beato, les frères Zangaki ont photographié le Moyen-Orient avec amour. Le Canal en particulier attirait toutes leurs attentions. Ils en ont laissé des milliers d'images. J'ai la certitude que tous les bateaux qui s'engageaient à Port-Saïd avaient droit à leur portrait. Parfois aussi bien de face que de profil. Parfois amarrés à côté d'écriteaux penchés portant l'inscription en français «Gare Limite Sud» ou «Gare Limite Nord». Sur ces clichés, l'eau ressemble toujours à du plomb liquide. Sur certains, quelques petites embarcations accompagnent les bâtiments. Souvent un frêle personnage, de dos, les regarde passer et souligne, par sa présence, leurs imposantes dimensions.

Ces pionniers photographiaient les navires de passage avec une perceptible solennité, comme ils auraient photographié de jeunes mariés. Pour que soit à jamais préservé le souvenir d'un jour unique.

Un jour d'été il y a quinze ans, chez un brocanteur du côté d'Avignon, je trouvai dans une boîte à chaussures une carte postale qui m'attendait. Elle représentait l'immeuble de la Compagnie du Canal à Port-Saïd ; construit directement sur le quai, arcades imposantes aux deux étages, trois coupoles en tuiles vernies décorées de motifs arabisants. Une petite écriture pâle occupait tout l'espace disponible, recto et verso ; elle était presque illisible à l'œil nu.

Le soir, à l'aide d'une loupe, je déchiffrai le texte :

*$1^{re}$ escale. Port-Saïd, le 9 février 1914.*
*Monsieur A. Andrau, Inspecteur d'Académie.*
*Rue Ferrer. Albi (Tarn).*

*Chers frère et sœur, J'ai dit aux parents à qui j'ai écrit une longue lettre de vous la transmettre. Je veux néanmoins vous adresser directement mes baisers les plus tendres à tous, grands et petits, en vous adressant 3 cartes de notre $1^{re}$ escale, Port-Saïd, où nous toucherons demain à 2 h du matin. Le bateau ne stoppera que 4 h de nuit pour faire du charbon. Donc nous ne*

*descendrons pas à terre. C'est toujours ennuyeux bien*
*que Port-Saïd ne vaille pas la peine d'être <u>revu</u>. Ça*
*l'est moins cette fois puisque la mer a été d'un calme et*
*d'une douceur sans pareille et qu'elle ne nous a pas*
*fait souffrir. Au contraire.*

*Toujours bien angoissés d'avoir quitté tant d'êtres*
*chers, nous essayons de reprendre courage et de ne pas*
*nous appesantir sur l'idée effrayante d'un si, si grand*
*éloignement !! Mais chaque coup de la machine est un*
*bond de plus vers l'exil et nous fait frissonner !*

*Courage et santé à tous.*

*Votre sœur Léo.*

Je repassai le lendemain chez le brocanteur
pour essayer de mettre la main sur les deux autres
cartes. En vain. Je ne saurai jamais pourquoi Léo
et la personne qui l'accompagnait (un mari, un
enfant?) frissonnaient d'angoisse à chaque coup
de la machine, pourquoi Léo passait le Canal pour
la deuxième fois, ni quelle était sa destination :
Djibouti, La Réunion, l'Indochine peut-être ?
Quelque chose avait dû se produire à Albi qui la
poussait implacablement et contre sa volonté sur
le chemin de l'exil.

Léo (Léonore ou Léonie…) ne cachait pas sa
peur de l'avenir. Un peu plus de quatre mois plus
tard, la mobilisation générale serait décrétée.
L'épicentre de tous les dangers ne se trouverait
plus en Orient mais en Europe. L'Histoire avait
choisi de dépeupler les si tranquilles provinces

françaises. Qu'est devenu son frère, l'inspecteur d'académie ? Se sont-ils jamais revus ?

Et ceux qui ont dispersé les traces si émouvantes de ces existences et vendu les cartes postales de Léo Andrau, les avaient-ils lues avant de s'en débarrasser ?

★

À partir du début des années cinquante, les nuages, de plus en plus denses, s'amoncelèrent sur notre avenir. Ils n'avaient pas encore terni notre vie quotidienne. Les voyages d'été en bateau vers Naples, Gênes ou Marseille avaient repris. C'était des étés que ma mère voyait plus grands que nature : ils commençaient en mars-avril et s'achevaient autour du 1$^{er}$ octobre, à temps pour la rentrée des classes. Je ne crois pas avoir terminé une année entière d'école, excepté pendant les années de guerre. Le troisième trimestre était rayé de nos existences.

À part la Suisse, destination préférée de ma mère aussi bien pour son contraste avec le paysage égyptien que pour des raisons intimes, nous découvrîmes avec enchantement un petit port de la Côte d'Azur. À cette époque, Antibes rayonnait de ses charmes et avait tout pour me plaire.

C'était la France. Mais une France si douce, si méditerranéenne, si lumineuse. Il y avait une Grand-Place avec des marchés éclaboussés de couleurs, des terrasses de café et aucun mendiant (ce qui m'apparut le comble de l'exotisme). Il y avait les Remparts : je pouvais du haut de ces murailles regarder la mer au loin et rêver – secrètement comme d'habitude – aux flottes ennemies s'approchant, aux bâtiments adroitement embossés pour pouvoir cartonner avec précision la ville fortifiée. Il y avait un port, petit mais bien protégé, dominé par un fort carré.

Dans la rue qui y menait, sur le trottoir de gauche, une boutique peinte en bleu délavé abritait l'activité d'un coiffeur pour hommes. Il s'appelait Jean-Louis, me semblait très vieux, disons cinquante ans. La plupart du temps il ne faisait rien ; je crois qu'il n'avait pas beaucoup de clients et que son «salon de coiffure» était, même pour l'époque, trop étroit et trop vétuste ; de toute façon, n'ayant pas d'aide-coiffeur, il n'aurait pu s'occuper que d'un client à la fois.

Une grande partie de son temps était consacrée à ranger une vitrine où de petits paniers séparaient les coquillages des hippocampes, les oursins des étoiles de mer. Ce n'était pas très varié comme assortiment : tout venait des filets de pêcheurs qui rentraient au port le matin. Je n'ai jamais entendu Jean-Louis dire qu'il avait lui-même recueilli quelques exemplaires de ces trésors. En revanche il m'apprit à les sécher convenablement, à les vernir si cela était nécessaire, à faire disparaître cette délicieuse odeur de pourriture qui, moi, ne m'avait jamais gênée.

Nous étions devenus amis. Je passais le voir l'après-midi, récupérais un hippocampe ou un petit coquillage, parfois insistais, comme me l'avait recommandé ma mère, pour les lui acheter ou lui apporter un croissant.

Il était content de me voir, mais ne l'exprimait jamais.

Quand, pour expliquer où j'allais, je disais que je ne pouvais pas le laisser tout seul, ma mère souriait vaguement. Un jour, comme un couperet, j'entendis :

— Ce n'est pas drôle d'être pédéraste dans une petite ville.

D'emblée, je pensai à une maladie. L'heure suivante, ce fut le Larousse qui me renseigna. Quant à la difficulté d'aimer les garçons dans une petite ville au début des années cinquante, je compris toute seule. Il y avait maintenant une explication à la rareté des clients du salon de coiffure, aux sourires provocateurs et un peu méprisants des pêcheurs qui lui apportaient les hippocampes et les étoiles de mer. Je compris aussi pourquoi son regard doux et apathique s'allumait parfois. Très brièvement.

Il nous arrivait de déjeuner ou de dîner dans un restaurant de la Grand-Place. Tout était régenté par Thérèse qui apportait les plats du jour en virevoltant entre les tables. Sa démarche, sa stature, sa force se révélaient étonnantes. Elle pouvait soulever les tables toute seule, porter des plateaux énormes sans effort. Elle donnait des ordres en riant. Péremptoire et gentille à la fois.

Ma passion pour la ratatouille, nouveauté culinaire absolue pour moi, était toujours satisfaite. En sortant de table, j'avais souvent droit à un baiser appuyé et autoritaire. Je l'aimais bien, j'aurais seulement préféré qu'elle ne se teignît pas les cheveux si noirs et qu'elle fît quelque chose pour la petite moustache qui enlaidissait son visage.

J'eus l'intuition que Thérèse était en quelque sorte le double de Jean-Louis. Ce qui distinguait Jean-Louis, en faisait un homme à part, distinguait aussi Thérèse. En l'observant jour après jour, je remarquai que ses regards ne se tournaient presque jamais vers les hommes, traités avec une professionnelle mais distraite courtoisie. J'eus aussi l'intuition que la singularité de Thérèse était moins compliquée à vivre ; cela me fut confirmé négligemment par ma mère :

— Oui, c'est moins grave.

Le premier été, après quelques jours à l'hôtel, nous décidâmes d'emménager dans un appartement du boulevard Albert-I$^{er}$.

Il appartenait à une vieille dame que nous appelions entre nous le général Dourakine : ayant épousé dans sa jeunesse un Russe blanc de bonne famille, elle portait en effet un nom russe, qui claquait de manière aristocratique et contrastait avec son aspect vieille dame du Midi en savates. Devenue veuve, elle avait acheté un grand appartement dont elle louait au mois la partie la mieux exposée. Nous avions donc deux chambres, un salon et une salle de bains pour nous ; elle se réservait bien sûr sa chambre et la cuisine.

Mais pourquoi donc ma mère, qui ignorait toute discipline et qui à l'époque n'avait pas de problèmes d'argent, avait-elle choisi de vivre avec une inconnue aussi encombrante ? D'autant que le général avait d'autres étrangetés : un tic lui déformait le visage toutes les deux trois minutes accompagné d'une sonore inspiration nasale (on l'entendait de loin) ; elle avait aussi une passion obsessionnelle pour les médecines naturelles, en particulier la fabrication artisanale des yaourts. Il y avait une technique complexe et rigoureuse qu'elle m'expliquait doctement ; des ferments à garder, une température d'abord chaude puis tiède du lait, un chiffon pour couvrir les pots, des délais à respecter pour une bonne transformation.

Le général Dourakine consacrait tous les jours au moins une heure et demie à la fabrication des six yaourts qu'elle mangeait le lendemain.

À sa vénération pour les yaourts naturels s'ajoutait celle pour l'ail, censé la protéger de tous les maux. Et l'odeur intense de trois ou quatre gousses d'ail épluchées religieusement se propageait dès l'aube dans la cuisine et le couloir.

Les matins d'été à Antibes étaient glorieux. On s'habillait vite et on avait le choix pour la journée : Antibes, ou le Cap, ou Juan-les-Pins. Cette dernière destination était ma préférée ; on prenait une route, à l'époque étroite et bordée de fleurs et d'arbres parfumés, qui enjambait l'isthme : le Chemin des Sables. Des sensations de bonheur et d'apaisement m'envahissaient. En sandales, le nez en l'air, parfois en chantant, on arrivait sur des plages déjà très civilisées, mais pas encore tapageuses.

Ce fut sur une de ces plages qu'un jour j'entendis derrière moi deux hommes parler de ma mère. Un mot barbare résonna. Par précaution, je ne le lui répétai pas quand elle sortit de l'eau. L'estomac noué, je fus obligée d'attendre le soir pour en vérifier le sens ; je me répétais ce mot étrange plusieurs fois dans la journée pour ne pas l'oublier.

Le moment venu, je fus si soulagée que je me mis à rire. Mais oui, *tanagra*, en dépit de sa sonorité agressive ne signifiait rien de honteux ou d'insultant. Mais oui, ma mère était un vrai *tanagra* : plutôt petite, très joliment faite, elle avait la taille fine et les jambes longues. Le hasard avait voulu que ces hommes la voyant pour la première fois de leur vie, sans le savoir, évoquent une statuette de femme alexandrine datant de plus d'un millénaire. Ils étaient tombés juste.

Il y eut aussi, à ma demande insistante, deux ou trois pèlerinages à Golfe-Juan. En Dauphine jaune, jolie voiture arrondie pilotée de mauvaise grâce par le *tanagra* exaspéré de voir s'installer mon culte ridicule pour Napoléon. Moi, qui d'habitude acceptais tout sans broncher, je ne cédai pas et exigeai d'être conduite sur le lieu où l'Empereur avait débarqué après son exil à l'île d'Elbe.

Je descendais de la voiture, prenais un air inspiré et concentré sur la corniche de Golfe-Juan. Tout cela n'était qu'un petit cinéma intime sans importance : en réalité, si Bonaparte, ses campagnes d'Italie et d'Égypte me fascinaient au point de dormir parfois avec le portrait du jeune général sous l'oreiller, tout ce qui suivait m'intéressait beaucoup moins ; à l'exception de la bataille d'Austerlitz sur laquelle je pouvais rivaliser avec n'importe quel autre fanatique.

*

Vers le mois de septembre de je ne sais plus quelle année, nous avions été rejointes par mon père. Il revenait d'un tour d'« affaires » en Italie et il devait prendre le bateau avec nous à Gênes quelques jours plus tard. Ce fut en écoutant une conversation entre ma mère et lui, assis à une terrasse, peut-être celle de Thérèse, que je compris que leur français, le nôtre, n'était pas parlé comme il le fallait. Ce n'était pas l'accent chantant du Midi, qui était celui de presque tous les autres clients attablés. Ce n'était pas l'accent parisien que j'avais appris à reconnaître en jouant sur la plage. C'était un accent vraiment différent, très martelé, sonore, roulant les « r » avec exagération. Parfois des mots grecs ou italiens apparaissaient dans les phrases, parfois une expression arabe. Dans ce dernier cas cela servait à souligner une situation loufoque, un souvenir drôle.

C'était bien la peine de rêver de la France et de lui appartenir par le cœur pour ensuite négliger de bien prononcer sa langue. Je décidai que je ne parlerai pas le français à l'orientale. Pas moi.

Comme par miracle, à la reprise des classes cette année-là, tout le monde remarqua que j'avais un accent français tout à fait français. Mes parents aussi, mais ils ne montrèrent aucun étonnement.

De temps en temps, je me posais des questions sur cette langue choisie. Depuis quand était-elle entrée dans ma famille ? Le grand-père de mon père était, paraît-il, né à Constantinople et avait épousé une jeune femme née de l'autre côté du Bosphore. Comment savoir quelle langue ils parlaient entre eux ? Ma grand-mère maternelle, si rousse et à la peau si blanche, me disait être espagnole, née à Ceuta. Quand je lui demandais si elle parlait espagnol, elle répondait « un peu ». Quand j'insistais pour savoir quelle langue elle utilisait avec ses frères, elle répondait « le français », mais du bout des lèvres, pressée de passer à autre chose. Mon grand-père maternel, mort peu avant ma naissance, était né à Bagdad d'un père anglo-indien et d'une mère indienne : parlaient-ils anglais entre eux ? Pourquoi et quand avaient-ils abandonné leur langue ?

À deux ou trois reprises, ce ne furent que des enquêtes avortées. Je n'avais ni les moyens ni la conviction nécessaires pour les approfondir.

Une visite aux cimetières (il y en avait plusieurs, à côté l'un de l'autre, de cultes différents), à l'occasion de la mort d'un oncle, me poussa à abandonner toute recherche. Que pouvait-on attendre d'une famille qui même sur ses monuments funéraires inscrivait au-dessous de bas-reliefs fleuris des éloges en plusieurs langues ? Quand Henri devenait Enrico ou Harry, et Filippo s'appelait Phil, celui-là même que Rosa, son épouse adorée et éplorée, appelait Fifi ?

On se serait cru dans un salon de thé de la Belle Époque, quand les Nelly, Loulou, Domi, Fifi, Gaby, Fred, Peggy, Nini se saluaient d'une table à l'autre. Ces diminutifs désuets et interchangeables étaient encore une autre manière d'ignorer les frontières des langues et des nationalités. Acceptés sur les documents officiels, ils se retrouvaient ensuite, dans un prolongement logique, gravés sur les stèles en marbre blanc du cimetière juif ou catholique ou orthodoxe ou celui – si alexandrin – des « libres penseurs ».

Ces souvenirs imparfaits, ces reconstructions d'histoires familiales aux contours vagues, ces récits qui ne se contredisaient pas mais ne se recoupaient pas non plus me confortèrent dans mon choix : le français correctement et sobrement parlé, il fallait s'y tenir. Les autres langues n'étaient pas ma langue maternelle.

★

J'ai toujours été scolarisée (ce mot n'était pas utilisé) au pensionnat Notre-Dame de Sion d'Alexandrie, rue d'Aboukir. Je n'étais pas pensionnaire mais demi-pensionnaire, je déjeunais à l'école et un bus rouge conduit par un ogre rieur en tarbouche me ramenait l'après-midi chez moi.

Un immense jardin entourait un édifice allongé, à deux étages, avec des arcades et des fenêtres en ogive. Ce jardin occupe une place importante dans mes souvenirs parce que j'y ai passé un grand nombre d'heures. Là, dans la partie la plus touffue et humide, se trouvaient parfois des caméléons ; je me souviens d'un petit vert foncé, casqué et griffu tel un animal préhistorique, roulant des yeux à droite et à gauche, projetant sa langue par saccades, lent dans ses mouvements comme s'il était un peu drogué.

Seule, je me promenais et observais les colonies de fourmis en attendant que l'heure de catéchisme prît fin (pour les écolières musulmanes cela s'appelait « l'heure de morale ») ; j'étais la seule sans religion dans ma classe où chaque année étudiaient environ vingt filles chrétiennes d'obédiences diverses et une dizaine de musulmanes de la bonne bourgeoisie égyptienne. Probablement lasse de ces explorations solitaires, je décidai de me faire baptiser à neuf ou dix ans et intégrai avec l'intérêt accru de la néophyte ces leçons, toujours administrées avec tact et sans autoritarisme.

Les religieuses étaient adorables, en tout cas elles le sont dans ma mémoire. À la tête d'un troupeau nombreux de filles, de la maternelle aux terminales, appartenant à des communautés et des familles très différentes, elles s'arrangeaient pour être d'humeur égale et équitable. Les cordons d'honneur et les prix de satisfaction étaient distribués avec une si grande largesse qu'ils ne pouvaient provoquer de jalousies. Les professeurs étaient choisis par la mère supérieure avec un instinct sûr. Ils ne m'ont laissé aucune impression désagréable.

Vers l'âge de quatorze ans, grâce à une enseignante pas très jolie mais au regard profond, nous abordâmes la littérature grecque. Homère.

Elle avait décidé de nous faire lire l'*Iliade* en classe. D'emblée, elle nous expliqua que ce poème ne relatait qu'un épisode de la guerre de Troie, celui de la colère d'Achille ; elle insista bien : unité de temps et de lieu, devant les murailles de Troie en une cinquantaine de jours ; un cahier devait être consacré aux résumés des chants, à l'étude des personnages, aux célèbres comparaisons (elle y attachait une grande importance), aux dieux et à la mythologie.

Le premier chant me troubla ; je trouvais très audacieuse cette histoire d'Achille, décidant de faire battre son camp parce que Agamemnon lui avait enlevé son esclave aimée ; surtout lue à haute voix devant une classe d'adolescentes. Homère nous racontait donc qu'un homme pouvait devenir fou de douleur et de rage parce qu'un compagnon de guerre obligeait une femme jeune et jolie à quitter sa couche. Achille «en pleurs» appelait sa mère et les dieux à la rescousse, la belle captive Briséis le quittait «à contrecœur», poussée vers la tente d'un autre roi. Un peu gênée, j'avais envie de ricaner, mais personne ne me suivit.

Le deuxième chant me sidéra. Notre professeur nous avait bien dit qu'il n'était pas obligatoire de le lire en entier : il passait pour ennuyeux. C'était une litanie des forces en présence, habituellement appelée «le catalogue des vaisseaux». Je le relus en entier de mon côté, par curiosité et malgré ses mises en garde, parce qu'il s'agissait de guerre et de bateaux.

Aujourd'hui encore la beauté de cette énumération de peuplades, chefs de guerre, localités, à laquelle s'ajoutait toujours le nombre de bateaux appartenant à chaque contingent, me laisse sans voix. La force qui se transmet à travers les siècles par cette liste de noms a, j'en suis sûre, quelque chose de miraculeux. Pour la première fois, je compris que la poésie pouvait tout dire. L'art avait le devoir de tout se permettre. Être nommé par un poète valait un laissez-passer pour l'éternité.

*Ceux qui tenaient Argos et Tirynthe aux fortes murailles, Hermione et Asinè, qui dominent un golfe profond, Trézène, Éiones, Épidaure et ses vignes, ceux qui tenaient Égine et Masès, ces jeunes Achéens avaient pour guides Diomède et Sthénélos... mais tous obéissaient à Diomède bon pour le cri de guerre, et quatre-vingts vaisseaux noirs les accompagnaient...*

*Ulysse conduisait les Céphalléniens au grand cœur, qui tenaient Ithaque et le mont Nériton où s'agitent les feuillages, habitaient Crocylée et la rude Ægilipe. Ceux qui tenaient Zacynthe et habitaient la région de Samos... ceux-là, Ulysse les commandait, comparable en prudence à Zeus, et douze vaisseaux l'avaient suivi avec leurs joues fardées de rouge...*

Et c'était ainsi pendant des centaines de vers, interminable générique de film, à la fois bigarré et austère. Avec application, j'avais dressé un tableau des contingents, de leurs commandants et des navires; je revois encore la tête de notre pauvre enseignante qui ne savait que penser de ce zèle imprévu.

L'*Odyssée*, étudiée de près l'année suivante, ne me fit pas le même effet. Sa lecture passionna et amusa toute la classe, mais le récit me sembla beaucoup plus proche des *Mille et Une Nuits*, beaucoup plus « oriental », avec ses épisodes coquins et rocambolesques, Calypso et Nausicaa, le Cyclope et le retour à Ithaque. Rien à voir avec la puissance de l'*Iliade* qui racontait la vie, la mort, l'amitié et le destin. Où il était dit que les vainqueurs n'étaient pas meilleurs que les vaincus, où la nature était présente, où les animaux participaient du destin des hommes (comment ne pas sursauter au récit des chevaux de Patrocle, à l'écart de la bataille, pleurant la mort de leur maître).

Les mois où nous avons travaillé sur l'*Iliade* sont les seuls dont j'ai un souvenir précis, les seuls où je me suis sentie transportée par une ferveur contagieuse. Trois ou quatre de mes camarades partageaient le même avis que moi; nous tentâmes quelques adaptations pseudo-théâtrales dans le jardin aux heures de récréation, parfois quelques insultes homériques, tirées du poème, étaient échangées pour rire, mais tout cela n'alla pas bien loin.

Après tout nous étions des filles, on commençait à me le faire remarquer.

★

Le moment fatidique où « une petite fille devient femme », selon l'expression niaise utilisée par une de mes tantes, survint l'été de mes quatorze ans, à Antibes. J'avais été vaguement prévenue, mais cet écoulement de sang me sembla une catastrophe plus grave que je ne l'avais imaginée.

Comment supporter toute la vie une telle contrainte ? À l'époque on déconseillait même de se baigner ; toute la plage pouvait deviner ce qui obligeait la petite boudeuse à rester assise sous le parasol. La honte s'ajoutait à la rage. On avait beau me répéter que c'était comme cela pour toutes les femmes, il fallait sinon en être fière, du moins l'accepter avec fatalisme, j'étais tout simplement furieuse.

Il y avait une telle contradiction entre mes goûts, mes rêves et ces entraves que j'éprouvai un sentiment de révolte.

De manière surprenante, le seul qui essaya, à sa manière, de me consoler fut mon père. Cet homme doux et pudique, aux yeux bleus, pas très grand mais élégant, me caressa la main en silence. Il évita avec prudence ses expressions habituellement utilisées à mon sujet devant ses amis :

— C'est un garçon manqué mais ce sera une femme très réussie.

Ou bien :

— Je suis sûr qu'elle se débrouillera toujours.

Il organisa une sortie en barque, seulement nous deux, après le coucher du soleil, pour aller pêcher au lamparo des poulpes et des calamars. Pieds nus, en short et pull bleu marine, dans l'humidité de la nuit, j'eus pour lui un élan de gratitude.

★

Le printemps et l'été 1956 furent marqués par une tension diffuse. Il y avait eu, lors des émeutes de 52, les épisodes atroces des incendies d'hôtels au Caire ; ensuite la vie quotidienne avait repris à peu près comme avant. Mais tout le monde, et pas seulement les adultes, avait compris que quelque chose allait se passer. Des familles entières commençaient à faire leurs valises cette année-là, dès janvier février. Je ne serais plus la seule à quitter l'école avant la fin du troisième trimestre. On entendait des phrases stupides ou fanfaronnes :

— Oui, on va en Australie, mais vous viendrez nous voir pour les vacances.

— Nous, c'est au Canada, il paraît que c'est très joli.

Marguerite Azzoppardi allait à Malte, Pierrette Zaccour à Beyrouth, Marlène Andrawos à Zurich, les sœurs Haneuse à Marseille, les Benachi à Athènes, les Pinto à New York ou à Milan pour la plupart, les Naggar à New York, Cléa Badaro en Crète, les trois sœurs de ma mère en Australie (exploit supplémentaire : dans trois villes différentes), les Terni à Rome, mon cousin chéri à Hong Kong.

Ma mère décida qu'on verrait à l'automne, mais pour le moment il valait mieux partir en vacances à Rome. Ça tombait bien pour l'exposition prévue en mai et ce serait bien aussi pour mon italien (très sommaire : on ne le parlait qu'avec Gioconda, venue du Frioul pour aider à la maison, semi-analphabète et toujours fourrée à l'église).

J'ai oublié de dire que mon *tanagra* de mère était devenu une artiste renommée. Sa sculpture, ses dessins s'exposaient et se vendaient Galerie Breteau à Paris, elle représentait l'Égypte aux Biennales de Venise. Dans les critiques, la plupart du temps très élogieuses, on rapprochait son talent de celui de Zadkine ou de Germaine Richier. Elle avait un dessin vigoureux ; ses nus féminins et masculins étaient audacieux et on y retrouvait un humour incisif. Je possède un ou deux bronzes qui tiennent très bien le coup soixante ans après et des centaines de dessins, des portraits et des nus ; ils révèlent une connaissance approfondie du corps humain et un regard sûr, intrépide.

La traversée de la Méditerranée du printemps 56 fut très excitante. J'avais été mise au courant d'un secret : nous allions toutes les deux braver les lois et les douaniers. Mon père, quitté au pied de la coupée pour embarquer à bord de l'*Esperia*, affichait sur son visage tous les traits de l'inquiétude et du mécontentement. Je trouvais que ma mère en faisait trop dans la nonchalance coquette, en ouvrant ses bagages avant qu'on le lui demande, en souriant comme une belle passagère déjà en vacances. Pour compenser, je me tenais au rôle de l'adolescente sérieuse.

Je portais sur moi, cachées dans la doublure d'une veste rayée, trois enveloppes bourrées de livres égyptiennes. Ma mère avait réparti les siennes, plus nombreuses, dans des cachettes soigneusement choisies. Ce n'était pas la première fois que je remarquais (j'aurais maintes autres occasions de le constater au cours des années suivantes) à quel point les transgressions à la loi, aux règlements internes des établissements, aux usages bancaires ou postaux l'enchantaient et la mettaient dans une bonne humeur durable et contagieuse.

L'inspection des douaniers du port, par ailleurs fatigués et débonnaires, se fit sans difficulté. Je pensai à mon père inquiet : j'essayai de lui adresser un signe de victoire du haut du pont. Trop tard, il était reparti.

Cette somme d'argent, importante mais dont la valeur était à nos yeux forcément fluctuante et imprécise, devait servir à acheter un appartement à Rome où vraisemblablement nous allions atterrir le jour où nous quitterions Alexandrie pour toujours. Pourquoi Rome ? Aux yeux de ma mère c'était l'évidence : à cause de notre passeport italien et des relations d'affaires de mon père. Que notre italien soit tout à fait rudimentaire, qu'il faille trouver une solution pour mes études interrompues, que nous n'ayons pas de connaissances à Rome – ces objections n'avaient pas lieu d'être. L'exposition provoquerait un intérêt, on aurait l'occasion de connaître des gens ; quant à l'école, il n'y avait qu'à s'informer, il devait bien y avoir des religieuses de Notre-Dame de Sion quelque part.

La traversée fut très belle ; on était en deuxième classe ; bien moins confortable que la première, elle avait été probablement choisie pour que nous soyons parmi les moins riches, donc moins soupçonnables de trafics… On entendait le battement des machines. Ce bruit qui ne se perçoit plus sur les bateaux d'aujourd'hui me faisait penser à un gros cœur au rythme régulier, si rassurant pour moi, scandant le temps.

À Rome, nous prîmes une chambre à la *Pensione Pinciana*, tout en haut de la via Veneto. Nous y avions déjà séjourné quand j'étais enfant ; il suffisait de traverser deux rues et on débouchait dans le parc du Pincio ; il suffisait de descendre en empruntant le trottoir de droite pour voir à ses pieds via Veneto se déployer dans toute sa splendeur, large, ondulante, si animée. La ville nageait dans l'effervescence naïve de l'après-guerre. C'était la capitale du cinéma, c'était la capitale des Américains libérateurs. Via Veneto avait l'habitude des attroupements joyeux autour de Cadillac dorées ou de stars maquillées comme des idoles païennes qui, dans une bousculade d'admirateurs, partaient dîner sur une terrasse avec vue sur les ruines.

*Vacances romaines* avec Audrey Hepburn et Gregory Peck, entièrement tourné à Rome, avait fait un tabac deux ans plus tôt et contribué à cautériser les blessures d'amour-propre d'une ville humiliée par l'occupation allemande. La ville entière était tombée amoureuse des deux acteurs. Mais ce n'était pas des jeunes filles à la Audrey Hepburn qui couraient les rues. Le succès des deux rivales Gina Lollobrigida et Sophia Loren, qui enchaînaient film sur film, avait marqué la mode, les mœurs, la ville, le pays tout entier. Les filles avaient appris à décocher des regards obliques noirs et veloutés comme Gina ; elles avaient des jupons qui se soulevaient sur de belles jambes fines et musclées comme Sophia. Quant aux garçons, Vittorio De Sica était leur modèle : un macho sentimental aux dents étincelantes.

La présence constante de prêtres et de bonnes sœurs déambulant en groupes dans les rues du centre n'atténuait pas, au contraire, une atmosphère très particulière. J'avais beau être assez peu au courant des choses du sexe, j'étais, comme le sont souvent les enfants uniques, plutôt observatrice. Je sentais la ville entière envahie par un élan de sensualité. Et la densité de Ginas et de Sophias en robes décolletées, souriantes et aguicheuses, installait une ambiance qui, si elle restait bon enfant, m'apparaissait surtout en fin de journée, dans la lumière claire du coucher, particulièrement surchauffée.

Aujourd'hui encore Rome ressemble aux tableaux qu'en a peints Corot ; c'est même l'une des très rares capitales dont on reconnaît sans difficulté les rues et les places dans les salles de musée consacrées aux paysagistes du dix-neuvième siècle. La couleur rose jaune des murs de Corot était la même qui baignait la ville cette année-là. Et l'agitation des Vespa n'en troublait pas la grande beauté.

En ce mois de mai les intellectuels occupaient toutes les tables des deux cafés opposés de Piazza del Popolo ; à partir du cappuccino du matin jusqu'à l'heure du dîner, les conversations allaient bon train sur le communisme (sujet de palabres accompagnées de gestes amples), l'art poétique ou cinématographique… et les divorces.

Concernant le communisme, les échanges trempaient dans un espoir teinté de mauvaise foi. Nos amis attendaient, devant un verre de Campari, que l'avènement du communisme en Europe s'accompagne d'une justice universelle. Tous les intervenants à ces discussions avaient leur carte du Parti. Seule Elsa Morante, m'avait raconté ma mère, était passée un soir et avait nargué les discutailleurs. «Votre Staline ne vaut pas mieux que Hitler!» Elle ne s'était pas assise, elle était repartie avec son air farouche et indigné.

Le cinéma, sa créativité déferlante, occupait une autre partie des conversations, et au cœur de celles-ci se trouvait la personne de Fellini. Génie pour la plupart, demi-génie pour les autres qui y mettaient quelques bémols. J'avais vu *La Strada* et pleuré de chaudes larmes. Je verrai plus tard *La Dolce Vita* et le film confirmera, de manière grimaçante, la justesse de mon intuition sur le réveil sensuel et sexuel de cette ville qui avait traversé pendant les années du fascisme petit-bourgeois une sorte de sommeil forcé et contre nature.

Quant à l'obsession du divorce, elle se révélait frappante. Le divorce n'étant pas prévu par le

Code civil, les Romains aisés divorçaient à leur manière : du minuscule observatoire qui m'était donné, j'avais l'impression qu'une bonne partie des gens que nous rencontrions étaient à mi-temps occupés par des procédures visant à faire constater par la Sacra Rota (le tribunal du Vatican chargé de ce genre d'affaires) un mariage blanc ou invalidé par des vices de consentement. Personne ne semblait s'étonner outre mesure de ces pères de trois enfants se déclarant impuissants depuis leur puberté, de ces femmes prêtes à témoigner qu'elles avaient été menacées de mort par leur propre famille avant d'être conduites en robe blanche avec traîne à l'autel.

Les péripéties liées à l'achat de notre logement furent assez compliquées, mais peuvent se résumer : l'argent que nous avions si brillamment transféré en Europe n'était pas suffisant pour acheter un appartement au centre de Rome, avec terrasse si possible, comme nous l'avions imaginé. Il n'était pas suffisant non plus pour acheter un appartement dans les quartiers bourgeois comme le Parioli où s'installait la nouvelle bourgeoisie des *palazzinari* (constructeurs de *palazzine*, les petits immeubles qui poussaient comme des champignons) et des *cinematografari* (travailleurs à tous les niveaux de la florissante industrie du cinéma).

Ce fut un de ces *palazzinari* qui trouva l'appartement qui correspondait à la somme que nous possédions : trois pièces toutes neuves avec une belle salle de bains et une cuisine dans un immeuble qu'il venait de construire. Il était situé viale Adriatico, de l'autre côté de l'Aniene, le petit affluent du Tibre, à la toute fin de via Nomentana. Je n'ose qualifier ce quartier, alors en plein chantier, de banlieue, tant ce mot a désormais une connotation très différente de celle qui lui convenait cette année-là. C'était, selon le point de vue, la fin de la ville ou son début, disons : la lisière. Commençant près du pont de l'Aniene, notre rue, fraîchement goudronnée et dignement qualifiée d'avenue, achevait son parcours sur les prés mités d'une colline aride où tôt le matin des troupeaux de chèvres faisaient entendre leurs clochettes. Comme tout est relatif, les jeunes bergers qui veillaient sur ces troupeaux s'arrêtaient le regard ébahi, la bouche entrouverte, pleins d'admiration et d'envie devant la beauté de notre petit immeuble flambant neuf avec des balcons peints en bleu.

L'installation ne traîna pas. Quelques jours plus tard, surgie de je ne sais où, Gioconda prenait possession d'un canapé pliant dans le séjour et commençait à veiller sur nous, avec son œil gauche mi-clos, comme si tout cela allait de soi.

Elle nous aimait. Je ne sais plus où et comment ma mère l'avait rencontrée un an et demi auparavant et pourquoi elle lui avait sans hésiter payé le voyage vers Alexandrie et, quelques mois plus tard, le retour vers l'Italie. Chère Gioconda, si confiante, qui débarqua un jour dans une grande ville du Moyen-Orient dont elle ignorait jusqu'à l'existence. Avec la bonté des simples d'esprit (enfant, elle était tombée d'un noisetier, la tête la première, à ce que l'on avait compris), elle s'était fait accepter sans difficulté par Mohammed et les personnes qui travaillaient à la maison. Quant à notre cour de mendiants, c'est peu dire qu'elle en était enthousiaste ; je crois qu'elle se croyait miraculeusement revenue aux récits des Évangiles écoutés lors des messes quotidiennes auxquelles elle assistait. Mon père eut un jour avec elle une explication à ce propos. Il tenta de lui faire comprendre qu'elle était tout à fait autorisée à embrasser les mendiants s'ils le voulaient bien, mais qu'ils n'étaient pas des lépreux et que la lèpre avait été éradiquée d'Égypte.

Installée viale Adriatico, avec la perspective d'aller un jour faire un tour au Vatican, peut-être même de voir le pape, elle était radieuse ; sans perdre de temps, elle avait mis de l'ordre dans nos affaires, assuré l'intendance, et permis à ma mère de s'occuper de son exposition.

Le vernissage fut très réussi. Pericle Fazzini, sculpteur en vogue que nous avions connu à la Biennale de Venise, avec un atelier fort fréquenté derrière via del Babuino, avait rameuté pas mal de monde ; il déclarait à tout-va que ma mère avait un grand talent. Intrigué par notre couple mère-fille, d'un naturel généreux et inquiet, il multipliait les avis sur une multitude de questions pratiques. Ses grosses mains faisaient des moulinets menaçants en accompagnant les conseils les plus attentionnés. Grâce à lui, notre vie se trouva facilitée et les restaurants, les boutiques, les endroits que nous fréquentions étaient ceux qu'il avait choisis. Il décrivait ses concitoyens comme de grands arnaqueurs et de grands fourbes : là aussi ses mises en garde furent utiles, en tout cas pour moi, ma mère me donnant l'impression comme souvent de suivre plutôt sa bonne étoile.

Je crois me souvenir que la plus grande partie des sculptures et tous les dessins exposés s'étaient vendus pendant la quinzaine de jours de l'exposition. La moitié de l'argent gagné fut déposée dans une banque, recommandée elle aussi par Fazzini, sur un compte ouvert à nos deux noms (j'étais mineure, cela n'avait donc pas d'incidence, mais le geste me toucha) ; une partie fut donnée à Gioconda qui la mit sous son matelas ; la dernière partie servit à acheter une charmante Fiat Seicento vert olive qui nous servait à explorer les alentours, particulièrement les plages.

Fregene et Ostia, très différentes l'une de l'autre, étaient à l'époque les plus courues ; et nous les fréquentions alternativement.

Populaire et bruyante, Ostia, où l'activité principale, plus que la baignade, consistait en de grands banquets en plein air, me fit connaître les habitudes familiales italiennes de l'époque avec des mères occupées à appeler leurs enfants sans arrêt. Une mélopée se levait des chaises longues, interrompue de temps en temps par des cris aigus.

Fregene était moins et mieux fréquentée, une très belle pinède embaumait et l'on jouait au *tamburello* à l'ombre après le bain ; il y avait en semaine surtout des grands-mères chics qui surveillaient les enfants en les tourmentant beaucoup moins qu'à Ostia. L'une d'elles nous raconta ses problèmes d'argent : elle avait décidé d'aider son fils à «divorcer» (décidément...) et cela coûtait très cher en avocats. Les procédures d'annulation de mariage étaient longues, mais dans le cas de son fils elles s'étaient avérées providentielles, un vrai don du Seigneur : il n'avait pas épousé la jeune femme pour laquelle il avait décidé d'entreprendre ce parcours du combattant ; au bout de trois ans, il en avait épousé une autre que sa belle-mère appréciait bien plus. Je l'entends encore dire avec un sérieux comique :

— *Questa è molto più carina.* Celle-ci est bien plus jolie.

J'en déduisais que les mères romaines, en accord avec le bon Dieu, avaient tendance à s'occuper de tout ce qui concernait leurs fils, divorce et remariage compris.

Les retours vers Rome en fin d'après-midi se faisaient par une route très encombrée ; l'eau du radiateur chauffait souvent ; mais je savais faire : on accostait, je descendais, ouvrais le coffre, rajoutais de l'eau avec une aisance experte, on attendait dix minutes, ensuite on repartait vers la ville.

Nos « vacances romaines » à nous s'étaient finalement très bien passées. Tout était prêt maintenant pour construire une nouvelle vie.

★

Les nouvelles d'Égypte n'étaient pas bonnes.

Le 26 juillet 1956, Nasser devait prononcer à Alexandrie un grand discours fondateur qui proclamerait la nationalisation du canal de Suez.

Ce jour-là, devant une foule en délire, il a développé son programme d'émancipation de toute influence occidentale et de rapprochement avec l'Union soviétique.

Ce jour-là il s'est présenté en chef du monde arabe.

Ce jour-là a pris fin de manière officielle l'anomalie, si fragile, constituée par la société cosmopolite alexandrine : « Lorsque nous avons eu raison des complices de l'impérialisme, l'occupant a réalisé qu'il ne pouvait plus rester sur une terre où il serait entouré d'ennemis... Qui a fait de vous nos tuteurs ? Qui vous a demandé de vous occuper de nos affaires ? »

Notre départ a précédé ce moment de peu.

Une poignée de jours plus tôt, alarmées par ce que mon père laissait transparaître dans des lettres au ton prudent mais triste, nous avions repris le bateau à Naples. Trois nuits plus tard, prévenu par télégramme, il nous attendait sur le quai, fatigué par la chaleur, l'humidité et l'angoisse. La société dont il était un des associés affrontait une multitude de difficultés, l'atmosphère s'était envenimée, il y avait eu des dénonciations, des accusations de corruption, des arrestations, on sentait monter l'hostilité envers les étrangers, leurs négoces, leurs protégés.

— Tout peut vite s'embraser, comme une boîte d'allumettes.

Il répéta deux fois « une boîte d'allumettes ».

À la maison, seul Mohammed nous attendait. Tous les autres, mendiants compris, s'étaient volatilisés. Je crois que mon père, pour leur éviter des ennuis, les avait éloignés et en avait recasé certains. Il avait aussi acheté trois billets pour un départ en fin de semaine. Pas trop de bagages, nous recommanda-t-il, il ne fallait pas donner l'impression que l'on quittait définitivement le pays ; ce serait embêtant et dangereux. Les bagages furent vite bouclés. En silence.

Le matin du départ, Mohammed, si peu bavard d'habitude, vint s'asseoir dans ma chambre. Il me raconta des épisodes de ma petite enfance ; il voulait que j'emporte un peu de ce que nous avions vécu, lui et moi. Il me parla du dindon qu'on nous avait offert pour Pâques l'année où mon père était revenu du Delta après la guerre ; ce dindon énorme qui gambadait dans l'arrière-cuisine et m'avait fait si peur ; j'avais crié : « Mohammed, au secours, un dragon, un dragon ! » en sautant dans ses bras. Il raconta la colère de mes parents quand ils s'étaient aperçus qu'on avait haché du persil avec une demi-lune bien tranchante sur une icône byzantine du dix-huitième siècle. Et quand le premier jour d'école je n'avais pas voulu monter dans le bus sans lui et qu'il m'avait accompagnée, très fier, à Notre-Dame de Sion. Et quand un policier était monté et avait sonné à notre étage parce que l'on avait vu une petite fille se servir d'un pistolet à eau tout l'après-midi pour arroser les passants ; il lui avait dit, au policier : « Bien sûr qu'il y a une petite fille ici : regarde comme elle est sage, elle lit toute la journée. » Et quand ma grand-mère m'avait comparée à une rose et qu'il lui avait dit : « Mais non, Nonnitza, c'est une enfant d'ici, c'est un jasmin d'Égypte. »

Et quand notre chienne avait accouché dans le placard à balais de sept jolis bâtards humides et ahuris ; et la nounou de service prit l'air dégoûté... d'ailleurs, grommelait-il, les nounous on n'a jamais bien su à quoi elles servaient...

Mais il s'attarda surtout sur son histoire préférée, celle de ma diphtérie. J'avais cinq ans. Il me redit les nuits de fièvre, de délire ; il me redit qu'il avait décidé ces nuits-là de s'allonger en travers de ma porte pour intervenir si je m'étouffais ; et tous les lendemains matin, quand l'âne au bout de la rue se mettait à braire, il me disait : « Réveille-toi, réveille-toi, ton frère t'appelle. » Le jour où finalement je me mis à rire dans mon lit de malade, en entendant les braiements de mon-frère-l'âne, ce jour-là seulement, il avait compris que j'étais guérie.

Puis il embrassa la paume de ma main. « Que Dieu te protège. »

Une voiture nous emmena au port.

★

Ce fut notre dernière traversée. Moi, je devais remettre les pieds en Égypte quelques décennies plus tard. Mais eux, le doux « Italien » blond aux yeux bleus et la belle « Anglo-Indienne » brune aux yeux très noirs, ne reverraient jamais plus leur pays.

Je suis certaine qu'ils le savaient : aucune illusion de retour ou de recommencement ne traversait leurs esprits. Ils n'avaient emporté presque rien de leur vie antérieure, les trois valises étaient bourrées d'objets sans valeur, choisis avec le sens des priorités tout personnel de ma mère.

Le deuxième jour, en pleine mer, mon père nous annonça qu'il avait en effet trouvé un travail en Italie, chez des connaissances de l'un de ses employés d'Alexandrie. C'était bien, nous disait-il ; il pouvait commencer tout de suite, même si on était début juillet. C'était à Milan.

Il y eut un petit silence. Milan, on ne savait pas trop où ça se trouvait. Au nord, n'est-ce pas ? Et l'appartement de viale Adriatico à Rome ?

Un soupir léger :

— C'est sûrement un très bon investissement.

Un bon investissement ! Même le *palazzinaro* charmeur et roublard qui nous l'avait vendu n'aurait pas osé le qualifier ainsi. Un bon investissement, l'appartement dans la *palazzina* qui pour le moment donnait sur la colline et les troupeaux de chèvres, mais qui allait sans trop tarder être entourée par d'autres petits immeubles construits à la va-vite. Fallait-il que mon père essayât de nous rassurer…

Même pendant les traversées d'été, les plus tranquilles, la mer Égée pouvait se révéler agitée. Nous aimions cela mon père et moi, on regardait sans se lasser les vagues se former, l'écume blanchir la mer. Ce fut sur une chaise longue en bois, humide d'embruns parce qu'on était le matin, qu'il me donna son exemplaire en anglais des *Sept Piliers de la sagesse*. Un gros livre relié en toile bleu clair ; Jonathan Cape, édition revue de 55 ; il est toujours dans ma bibliothèque.

Je commençai à le lire le dernier jour de navigation. Quel ton étrange pour un écrivain anglais : l'emphase dans le choix des adjectifs, la force des images, les allusions à l'histoire petite et grande, la précision concernant les paysages, le vent, les oueds, les sols de sable ou de cailloux, les buissons épineux ou les acacias. Et encore : le ton mystérieux qui teintait les dialogues indirects, le poème exalté en ouverture, la description minutieuse des armes et des explosifs, l'extraordinaire photo de l'entrée dans Damas avec les têtes des chevaux, museau contre museau, dans le désordre et la poussière. Je sentais que ce livre était marquant ; il racontait une idée, un rêve ; et ce rêve s'était fracassé. C'était le récit d'un amour insensé pour une terre qui n'était pas celle de l'auteur. L'histoire aussi qui n'était pas celle de la nation à laquelle appartenait l'écrivain-soldat. Lawrence était illégitime pour traiter au nom de son gouvernement, comme pour commander des peuplades en révolte contre l'Empire ottoman. Il avait choisi d'avoir deux maîtres : Allenby et la couronne britannique et Fayçal et les tribus arabes. Un équilibre intenable, une existence vouée à l'effort extrême.

Je sais combien d'éléments troublent aujourd'hui son image : l'homosexualité, le rôle supposé d'agent de renseignement, le désir d'expiation, la honte, la mort étrange. Tout cela fut raconté quelques années plus tard par un film de grand effet, qui rendra sa figure populaire et un peu stéréotypée, trop psychanalysée et parfois kitsch. Mais le nœud de cette histoire je crus le percevoir ce jour-là en mer. Un soldat, pas si gradé et peu soumis à la discipline militaire, qui aimait l'archéologie et tremblait d'émotion en relevant la topographie des châteaux d'Orient, avait essayé de remodeler une partie du monde. Et par la même occasion de s'inventer un grand destin : « Le récit n'est pas celui du mouvement arabe, mais de moi dans celui-ci… c'est une narration de la vie quotidienne, d'événements mineurs, de petites gens ; une narration emplie de choses banales… et du plaisir que j'ai eu à évoquer la camaraderie et la révolte. Nous étions ensemble pleins d'amour, à cause de l'élan des espaces ouverts, du goût des grands vents, du soleil et des espoirs. La fraîcheur matinale du monde à naître nous saoulait. Nous étions agités d'idées inexprimables et vaporeuses, mais qui valaient la peine que l'on combatte pour elles. Nous avons vécu beaucoup de vies dans le tourbillon de ces campagnes, ne nous épargnant jamais. »

Au fond, me sembla-t-il, il n'y avait pas de différence avec l'action du Bonaparte des campagnes d'Égypte et d'Italie. Sauf une : près d'un siècle s'était écoulé entre les deux et peut-être que le vingtième ne laissait plus de place aux épopées individuelles.

Je pensais à moi et me désolais ; qu'allais-je pouvoir faire, maintenant. Cette identification a, j'en suis parfaitement consciente, quelque chose de comique et de très déplacé. Mais il est permis à tout le monde de s'identifier à un rêve, cela occupe le temps des interstices, si difficile à définir, celui où l'on croit que beaucoup de choses sont encore possibles. Les périodes de rupture, en donnant l'illusion que malheur et bonheur, chance et imprévu se mélangent comme des cartes et que le jeu va peut-être s'ouvrir, éloignent de la réalité et précipitent vers des « idées inexprimables et vaporeuses ».

Lawrence occupa tellement mon esprit à la fin de ce voyage charnière, que je ne me souviens plus de ce qui s'est passé entre l'entrée au port de Gênes et l'arrivée à Milan dans un hôtel derrière le Duomo qui s'appelait *Albergo Rosa*.

★

Bien sûr, ce n'était qu'une étape avant de trouver un appartement à louer, mais une étape assez rude. La chambre était petite pour trois, on ne pouvait pas ouvrir nos valises ; le propriétaire avait installé un système astucieux pour que ses clients ne gaspillent pas d'électricité : quand on allumait la lumière centrale, la lampe de chevet s'éteignait, quand on allumait la lampe de chevet, la lumière centrale s'éteignait. C'était pénible ; en plein mois de juillet la seule fenêtre donnait sur une courette-refuge d'horribles pigeons et il y avait très peu de lumière.

Paralysées par une timidité apathique, seules dans la journée quand mon père nous quittait pour son nouveau travail, ma mère et moi tournions en rond. Milan a toujours été un enfer de moiteur en plein été ; il aurait fallu malgré tout s'agiter, chercher un logement.

Les premiers jours, nous sortions peu de notre antre. Je continuais à lire les *Sept Piliers*. L'esthétisme des descriptions ne m'ennuyait pas du tout. Je me disais que j'avais vu moi aussi l'aube violette sur le désert, je connaissais le silence minéral des paysages de pierres, le bruit du vent dans les grands espaces, le manège compliqué des chameaux et des dromadaires pour se mettre au repos. «... les chameaux regardant vers le bas tâtaient le sol pour trouver un endroit mou, ensuite le son mat, étouffé, et la soudaine expiration quand ils tombaient à genoux... »

C'est de ma mère que vint le sursaut.

Un matin, elle déploya sur le lit la carte de la ville où nous devions désormais vivre. Fit glisser sa chevalière au rubis carré, son seul bijou, dans un petit cordon.

— Tu verras, le pendule nous dira où se trouve notre nouvel appartement.

Le pendule resta immobile au centre, en haut, à droite, en bas, s'agita un peu à gauche. Puis le mouvement s'accentua, joyeusement. Un coup de crayon triomphant entoura un secteur de la carte, trois ou quatre rues.

— On a trouvé. Allons-y.

À ma grande stupéfaction, la recherche de l'appartement se conclut dans la journée ; grâce au pendule, il nous était possible d'emménager la semaine suivante.

Cette pirouette de sorcière courageuse, cette bravade insolente et désespérée mirent fin symboliquement à une époque de la vie de ma mère et de la mienne.

FIN DE MATINÉE

*Étendue du désastre.*
Considérable.

Personne n'était là pour nous écouter, juger ou encourager, mais, si nous avions dû expliquer notre cas à un tiers et lui demander conseil, nous aurions été avant toute chose contraints de nous présenter. Voilà ce qu'on aurait pu dire sur la petite famille tout juste arrivée à Milan :

*Le père.* Cinquante ans. Sans religion. Ex-gérant d'une société familiale d'import-export ; homme d'affaires ruiné ; parlant et écrivant quatre langues (français, italien, anglais, arabe). Expert à la Bourse du coton d'Alexandrie. *Scratch* depuis plusieurs années aux tournois homologués de golf (ce qui veut dire sans handicap, donc champion international). Champion d'Égypte cinq années consécutives de régates de dinghy 12' (un petit voilier à coque de bois, très rapide et élégant). Très bon pêcheur de gros.

*La mère.* Quarante et un ans. Sans religion. Sculpteur assez connu en Europe, une «valeur montante». Parlant et écrivant le français ; autres langues parlées : le grec et l'italien. Très bonne nageuse ; remarquable dos crawlé. Grande aptitude et endurance à la conduite de véhicules tout-terrain.

*La fille.* Dix-sept ans et demi. Catholique. Études interrompues un an avant le bac. Parlant et écrivant le français et l'arabe ; autres langues parlées : l'italien, l'anglais et le grec. Lectrice omnivore. Bonne nageuse. Connaissances et passions peu usuelles pour une jeune fille. Qualifiée de «débrouillarde» par ses parents.

Quand un groupe d'animaux ou d'humains est déplacé, les capacités d'adaptation de ces nouveaux arrivants dans un habitat comptent beaucoup pour la réussite de l'intégration ; mais encore doivent-ils avoir connaissance des attentes de ce nouveau milieu. Dans ce domaine nous étions sans informations, réellement désarmés. Nous ne connaissions ni la ville, ni les codes, ni personne. Ce qui, au cours de notre vie antérieure, provoquait de l'effet sur l'entourage ne servait désormais plus à grand-chose.

Il n'y avait guère de probabilités que mes parents se vantent de leurs exploits, mais de toute façon, l'auraient-ils tenté pour se remonter le moral auprès de rencontres occasionnelles, leurs propos auraient été incompris ou moqués. Leurs origines étaient si difficiles à expliquer : s'ils avaient essayé de dire d'où ils venaient et pourquoi, ils auraient suscité stupeur, recul, un peu d'apitoiement.

Mieux valait accepter la réalité : nous étions peu adaptés à une ville située loin des bords de mer et au climat très continental ; assez austère, elle était rassemblée à l'époque sous la bannière du travail, de l'argent et des valeurs familiales traditionnelles.

La plus douée, règle universelle, se révélait la plus fragile. Ma mère qui aurait pu conduire une jeep dans les montagnes d'Afghanistan était incapable de faire les courses correctement. Les premières semaines, l'heure des repas du soir était pour elle (et nous) une épreuve inédite. Nous avions très vite compris que si les dîners étaient toujours froids – des pique-niques organisés avec originalité malgré tout –, c'était parce que ma mère ne savait pas se servir de la cuisinière. Comme certains illettrés tentent de cacher leur ignorance, elle ne voulait pas avouer que la succession de gestes permettant d'allumer un feu sous une casserole lui était totalement étrangère. Elle attendait que l'un de nous le fasse.

— Ah, oui, j'aurais pu réchauffer... bonne idée.

Un jour, avec précaution, je la pris à part et lui expliquai comment il fallait faire, en le lui montrant deux ou trois fois ; ce soir-là, elle ne dit rien mais alla se coucher très tôt. C'est peut-être à partir de cet épisode qu'elle lâcha prise.

★

Septembre, le mois des inscriptions à l'école, était entamé. Il fallait que je fasse quelque chose. Il y avait un lycée à cent mètres de la maison et j'essayai de décrocher un rendez-vous. La démarche d'une jeune fille sans diplôme, sans attestations et pour le moment sans certificat de résidence, apparut incompréhensible à la jeune secrétaire, seule dans son bureau en cette fin d'été. Elle montra même une certaine hâte à reprendre ses occupations ; me conseilla de revenir dans deux semaines si vraiment j'insistais pour voir quelqu'un ; il y aurait la directrice.

Je sortis en proie à un léger vertige ; au fond elle n'avait pas tort. Mais il fallait agir vite ; Santa Maria delle Grazie est la plus belle église de Milan : c'est là qu'un prêtre sur le point de s'installer au confessionnal me dit qu'il n'y avait pas à sa connaissance d'école Notre-Dame de Sion en Italie, mais que des sœurs Marcelline tenaient un excellent institut pour jeunes filles et que ce n'était pas très loin.

Je garde une vraie tendresse pour la personne qui m'accueillit, une novice à l'accent étrange. Je sus plus tard qu'elle était d'origine argentine et qu'elle n'était là que pour six mois, dans un cadre d'échanges entre instituts. Elle m'écouta. J'avais appris à rassembler mes forces. Je tentai d'expliquer simplement. Je ne mentis pas sur mes lacunes immenses (jamais je n'avais écrit une ligne en italien), je dis d'emblée que je n'avais pas avec moi les notes de l'année parce que j'étais partie avant la fin des classes, je mentis seulement sur mes parents, « oui, ils sont catholiques » ; j'ajoutai pour faire plus vrai « non pratiquants ». Elle appela la mère supérieure, raconta mon cas devant moi.

Est-ce que les couvents sont propices aux prises de décision rapides ? Est-ce que le fait d'être à peu près rattachés à Dieu implique un mépris de la bureaucratie ? Est-ce que tout simplement j'avais suscité de la compassion ?

Elles s'absentèrent dix minutes et puis revinrent dans la petite salle toute blanche où je tremblais d'angoisse, avec leur verdict en main. Je pouvais m'inscrire ; il fallait redoubler ; je ne serai pas notée le premier trimestre. Sœur Gisella me ferait travailler deux heures tous les après-midi pour essayer de me remettre à flot. Seule condition : elles voulaient voir mes parents.

Quand je sortis, le soleil, filtrant au travers de petits nuages arrondis qui couraient dans le ciel, composait des taches sur la place.

Ce fut encore Homère qui me vint à l'esprit ; ses comparaisons avaient été analysées en classe avec tant de minutie par notre professeur deux ans auparavant, que je pouvais les pasticher sans difficulté. C'était comme un jeu et je ne m'en privais pas ; par leur construction à rallonge et leur accumulation d'images naïves et colorées, elles m'amusaient et me redonnaient un certain équilibre.

Pourquoi pas en cette occasion :

*Quand, au bout d'une nuit de tempête, après que le mât s'était abattu et les voiles déchirées par un vent de force inconnue, l'aurore aux couleurs de safran imposa à la mer houleuse un calme soudain, alors le vaisseau entra dans un port accueillant, où les barques amarrées lui firent place et le marin mit pied sur le quai luisant de reflets de soleil ; ainsi la jeune fille…*

Homère ou pas, une première étape était franchie.

★

Il y a un passage de *La Chartreuse de Parme* que j'adore. Gina donne des conseils à Fabrice en lui transmettant fidèlement les idées du comte Mosca, comme un viatique avant son départ pour l'Académie ecclésiastique de Naples (je lus le roman à quelques jours de la rentrée des classes chez les Marcelline, quelques jours avant mes dix-huit ans). C'est un concentré de la vision stendhalienne, un précipité de jeunesse, rapidité, amoralité.

Cela pourrait faire un bon début pour un traité de survie.

«... le comte, qui connaît bien l'Italie actuelle, m'a chargée d'une idée pour toi. Crois ou ne crois pas à ce qu'on t'enseignera, mais ne fais aucune objection. Figure-toi qu'on t'enseigne les règles du jeu de whist; est-ce que tu ferais des objections aux règles du whist?» Et, plus loin : «La seconde idée que le comte t'envoie est celle-ci : s'il te vient une raison brillante, une réplique victorieuse qui change le cours de la conversation, ne cède point à la tentation de briller, garde le silence; les gens fins verront ton esprit dans tes yeux. Il sera temps d'avoir de l'esprit quand tu seras évêque.»

Ah, ce comte Mosca, je l'adorais lui aussi. Sa morale était souple, son jugement jamais embarrassé, son action tranchante. Ces qualités n'étaient pas en opposition avec sa bonté, son endurance; il savait aimer.

Parce qu'il suivait et racontait la jeunesse de Fabrice pas à pas jusqu'à la maturité, le livre appartenait-il à la catégorie des romans d'éducation (nous avions eu un cours là-dessus au début de l'année)? *La Chartreuse* toutefois n'avait pas le ton mélancolique, un peu désabusé, qui émane des livres de préparation aux choses de la vie.

Personne n'acceptait quoi que ce soit de la société dans ce roman, les dures règles de l'accommodement aux réalités de l'existence n'étaient pas respectées pour de bon. Elles étaient expliquées, contournées ou appliquées. Mais, cela m'apparut comme une évidence, elles n'étaient jamais prises au sérieux. On faisait semblant !

Comme je n'avais rien lu de tel et ne pouvais pas me confronter à quelqu'un sur ce point d'interprétation, je relus plusieurs passages et soulignai des phrases qui, semblait-il, me donnaient raison.

Les règles, les codes, les habitudes : comme celles du whist, c'était un jeu, rien de plus ; un jeu que l'on pouvait accepter sans humiliation. Il suffisait d'attendre pour manifester sa pensée ; d'attendre d'être évêque ; pas de « répliques victorieuses » avant cela. Pour survivre, il était conseillé de ne pas exprimer sa pensée. De se couler dans le moule. De dissimuler.

Je tournais en rond ces idées, jusqu'au moment où je me donnai raison. Il n'était pas nécessaire d'aller jusqu'à faire des contorsions pour plaire à des gens qui ne me plaisaient pas, il était suffisant de ne pas manifester, de cacher tout ce qui pourrait troubler, étonner ou déplaire.

Et dans les moments de doute, il fallait penser au comte Mosca.

★

Les premiers jours en classe furent donc placés sous le signe de l'application et de la prudence. Mes camarades étaient pour la plupart belles et surtout très bien habillées. Les Milanaises sont connues pour être à la pointe de la mode, d'une élégance très *british* ; c'était vrai aussi dans un lycée de jeunes filles de bonne famille à la fin des années cinquante. Ce ne me sembla pas difficile à imiter : pas d'extravagance, pas plus de deux couleurs et toujours coordonnées entre elles, chaussures impeccables, ongles courts et soignés. Elles n'étaient pas très curieuses ; une phrase dans le genre : «Oui, mon père a longtemps travaillé à l'étranger et j'ai suivi un enseignement français, c'était plus pratique» leur avait suffi pour expliquer mon incroyable retard. Ce lycée était ce qui pouvait m'arriver de mieux, je me sentais protégée. J'étais en apprentissage. J'allais m'insérer dans la société italienne et j'allais bientôt faire partie d'un pays européen en plein essor (c'était le *boom economico*, célébré tous les jours par les journaux et la naissante télévision). J'avais quitté l'Orient pour toujours, l'Occident m'ouvrait les bras ; ce n'était pas plus mal, l'Orient ne serait jamais plus celui où nous étions nés.

Les retours à la maison après les cours me rappelaient que pour ma mère le passage définitif en Occident était beaucoup moins facile. Seule, elle, d'habitude si remuante, restait couchée pour la plus grande partie de la journée.

Couchée au lit. Avec des mensonges pour sa fille : « ... j'ai fait une petite sieste... je lisais... j'avais un peu mal au dos. »

Je ne pouvais pas comprendre, je n'avais même jamais entendu le mot dépression. Elle n'était pas malade. Elle avait souvent un peu froid. Elle ne disait pas grand-chose, n'exprimait aucune mélancolie, souriait péniblement quand j'arrivais, mes récits ne suscitaient aucun commentaire. Chaque après-midi, j'essayais quelque chose pour l'inciter à sortir ; elle acceptait pour me faire plaisir, mais rentrait épuisée et se précipitait à nouveau dans son lit. Jusqu'au jour où je m'aperçus que les visites au supermarché étaient appréciées : comme les Tahitiens à l'arrivée du capitaine Cook et de son équipage chamarré, elle ouvrait de grands yeux devant les rayonnages pleins de marchandises inconnues. Finalement quelque chose l'intéressait. Je décidai de persévérer, une visite au supermarché tous les jours. Nous découvrîmes les produits d'entretien (à part le savon et les paillettes de fer, nous n'y connaissions rien). L'abondance, les couleurs des confections et des flacons, mais aussi la lecture attentive des étiquettes avec leurs promesses de résultats mirobolants me passionnaient. Le rayon bricolage éveillait des envies d'améliorer notre logement, on comparait les marteaux, les clous, les pinces, les tenailles. Et les produits de beauté ! Méprisés dans notre vie antérieure, ils brillaient dans des présentoirs, promettaient des merveilles. Elle regardait avec admiration la gamme des vernis à ongles, des produits pour manucure, des rouges à lèvres, des crèmes pour les mains, des barrettes à cheveux.

J'aime toujours beaucoup les supermarchés ; chaque fois que je débarque dans une ville inconnue, pour marquer la première rencontre avec le pays où je viens d'arriver, je vais y faire un tour, de préférence seule. Un recueillement m'est nécessaire. Bien sûr, le temps où les produits ne se ressemblaient pas, où les habitudes alimentaires, la richesse et la pauvreté, les obsessions et les mythes se comprenaient à première vue est révolu. Mais, quand même, l'uniformisation n'est pas absolue ; les différences d'achalandage et de présentation subsistent et sont toujours révélatrices. Les noms sont changés ou bizarrement adaptés. Les marketeurs mondialisés y ajoutent parfois leur touche, leur quelque chose qui fait « local ».

Des années après nos virées quotidiennes à l'UPIM de Corso Vercelli, j'éprouve toujours un sens d'apaisement, je respire plus calmement après un tour attentif dans un grand magasin.

★

Ma vie était divisée en deux : le lycée où mes dons d'adaptation faisaient merveille (les trois mois de cours intensifs de sœur Gisella lui avaient donné raison ; j'étais récupérable : son affection pour moi s'en trouvait renforcée) et l'appartement familial où j'étais confrontée à une situation inconnue.

J'étais plus à l'aise dans ma nouvelle vie que dans l'ancienne. Attentive et concentrée dans le but de ne pas déplaire, je n'avais pas imaginé pouvoir plaire. C'était ce qui était en train d'arriver. Je sentais autour de moi naître de l'amitié, j'étais admise dans le groupe avec simplicité et même chaleur ; les récréations devenaient bavardes, le chemin du retour s'allongeait en raccompagnements réciproques. Je n'oubliais pas que ce n'était pas tout à fait moi qui plaisais, mais après tout... c'était une partie de moi, juste adoucie et lissée par les conseils du comte Mosca.

La bascule était brutale. J'étais en train de changer de langue d'usage et cela impliquait une révolution intime. Les neuropsychiatres ont écrit des traités là-dessus. On s'entend différemment, on dit des choses que l'on n'aurait pas dites, on pense un peu autrement, on ne réagit pas de la même manière. La langue d'usage influence le corps et les rêves. Une autre culture s'infiltre par des interstices imprévus, on accède à des chansons, des blagues, on comprend les sous-entendus, l'humour devient possible. Quand on parle une nouvelle langue toute la journée, l'existence peut prendre une autre direction et le caractère s'infléchir.

Des années plus tard, un ami m'a conseillé *La Langue sauvée* d'Elias Canetti ; je l'ai lu avec passion. Toutes ces langues dans son enfance (pire que moi), pour arriver au choix exclusif de l'une d'elles, la plus ardue et la dernière en ordre d'acquisition. Il me sembla que ses identités éclatées coexistaient dans la difficulté, parfois dans la colère. Il racontait très bien ce que chaque langue apportait, et les chemins de métamorphose que l'usage de l'une ou de l'autre induisait. Chez lui cela avoisinait l'art de prendre la fuite et recouvrait parfois un ton douloureux. Ni Turc, ni Bulgare, ni Suisse, ni Britannique, ni Autrichien, il avait choisi l'allemand comme patrie, la langue préférée de sa mère, celle de ses livres.

C'est avec l'acceptation, dans l'ensemble joyeuse, de ma nouvelle vie que commença la destruction plus ou moins consciente de l'ancienne. Les deux langues qui ne servaient désormais à rien et que personne ne me parlait plus, l'arabe et le grec, s'évaporèrent en quelques semaines (je garde en mémoire, sans l'avoir fait exprès, deux chansons enfantines, une dans chaque langue, sans plus reconnaître les mots). Toutes les références à l'Orient disparurent de mes conversations. J'avais la chance qu'Alexandrie se trouve être aussi le nom d'une ville moyenne du Piémont et il arriva plus d'une fois qu'à la question «*Alessandria? Sei piemontese?*» («Alexandrie? Tu es piémontaise?») je réponde par un sourire gentil et nullement contredisant.

Aboukir, les traversées bisannuelles de la Méditerranée, Bonaparte et Nelson, l'âne et ses braiements, Mohammed et les mendiants, le désert et les grandes tentes marron foncé des bédouins, les sandwichs au thon mangés en barque, les récits de guerre et de bateaux, le claquement des feuilles de palmier sous ma fenêtre, les pâtisseries grecques, la campagne du Delta et les plants de coton, le canal de Suez – tout ce qui était moi, trame serrée de mon être, prenait à présent aussi peu de place que de très précieux bijoux de famille dans un coffre. Soigneusement cadenassé, soigneusement remisé dans une cache au fond d'une armoire. De plus en plus oublié.

*

On ne se contrôle jamais parfaitement. En passant du pas mesuré et prudent de mes débuts à un allègre petit trot les mois qui suivirent, à un franc galop l'année suivante, je pris confiance en moi et me laissai aller un peu. Il faut dire que mes succès me faisaient plaisir; je baissai la garde alors qu'il restait peu de temps avant la fin des études supérieures. J'oubliais Mosca : je me précipitais pour remettre mes copies la première, je participais à tous les débats, je ne me privais pas de quelque « réplique victorieuse », je me permettais de contredire.

Je vis les regards changer, non pas du côté des professeurs qui étaient professionnellement satisfaits, mais du côté de mes camarades. Je sentis que je risquais des mines exaspérées, peut-être des remarques blessantes. Rien que l'idée de ne plus être acceptée dans le groupe de mes amies me fit peur. L'enfant un peu sauvage et batailleuse, l'adolescente aux rêves de gloire avait laissé la place à une jeune femme anxieuse qui craignait par-dessus tout d'être exclue.

Sans trop humilier mon amour-propre, en apprentie gymnaste à la recherche d'un difficile équilibre, je décidai de corriger promptement mon attitude pour réaliser un rétablissement. Il n'y eut plus jamais de copies trop rapidement remises, il n'y eut plus de devoirs parfaits, ni en version latine, ni en maths, ni en interrogation écrite. Une faute ou deux (pas trop graves quand même), ajoutées systématiquement à la fin de chaque travail, provoquèrent les réflexions étonnées des professeurs : « Mais que t'arrive-t-il ? Quel dommage ! Tu es distraite, maintenant ? Ah, concentre-toi la prochaine fois. Et relis tes copies. »

Tout rentra dans l'ordre du côté de mes camarades.

Mieux valait distraite ou déconcentrée que seule à nouveau.

Si j'ai du mal et honte à raconter cette anecdote, c'est que je ne sais qu'en penser. Une preuve de lâcheté ? Une preuve de courage ? Les deux se défendent. De l'orgueil ? De l'humilité ? De la duplicité ? Les trois sont présents. Je situe à cette époque l'installation d'un mouvement de balancier perpétuel qui me voyait corriger avec zèle tous les excès auxquels ma nature et mes rêves m'engageaient. Parfois même avant qu'ils ne soient visibles à mes proches. Vu de loin cela a des aspects cocasses ; dissimuler ses aptitudes comme si c'était des tares honteuses a quelque chose d'inusuel et d'incompréhensible. Mais ça marchait. Je m'exerçais au mimétisme. Plus je me révélais adaptée à mon nouvel environnement, plus j'étais acceptée et plus je récoltais les succès de mon âge : examens, amitiés de fac, plus tard amitiés de bureau.

Cela avait quelques désavantages : quand affleuraient mes traits de caractère naturels, même les plus anodins, l'interlocuteur se montrait décontenancé et troublé ; en général il était porté à penser que c'était un écart et à confondre le fond et la surface, le noyau et l'écorce.

Bien plus grave et inévitable était la séparation qui s'opérait avec mes parents. En devenant tout à fait milanaise, leur fille s'éloignait plein vent. Je naviguais de mon côté, ils dérivaient sur leur radeau de solitude. Leur lit (depuis des années ils faisaient chambre à part, mais à Milan ils partageaient un seul lit) en était la métaphore évidente. Le soir, assis ou couchés, collés l'un à l'autre, le regard perdu et rivé à un écran de télévision bleuâtre, ils attendaient le sommeil sans presque parler. Les émissions les plus tartes de l'époque, succès populaires, genre *Quitte ou double* avec le célèbre présentateur Mike Bongiorno ou le Festival de San Remo ou les joutes entre les chanteuses stars – Mina et Milva – étaient regardées sans ciller, pendant des heures, par les deux naufragés.

C'était déchirant.

★

Je garde de la fac (langues et littératures étrangères) un souvenir délavé à l'exception des quelques mois de la dernière année qui ont coïncidé avec la rencontre d'un jeune prof anglais, gallois pour être exacte. Lecteur et chargé de travaux, il consacrait son temps à enseigner Shakespeare à une assemblée presque exclusivement féminine. Il faisait son play-boy avec entrain auprès des filles, mais j'étais plus forte que lui. Thomas avait beau être au courant des choses de la vie, j'avais trouvé d'instinct un mélange de distance, d'admiration et de timidité, qui m'avait fait remarquer et aimer.

Et puis il y avait Shakespeare.

Il avait demandé à ses élèves de rédiger un court mémoire d'une trentaine de pages sur leur pièce préférée. J'avais choisi sans hésiter *Antoine et Cléopâtre*. Pour l'écrire, j'abandonnai toute précaution, le lycée était fini, la fac presque, je n'avais plus à me brider, surtout en parlant de cette pièce si paradoxale, si incandescente, si politique et, aussi, si intime. Quant à Cléopâtre, c'est peu dire que je la connaissais. En lisant et relisant avec acharnement chaque scène, j'eus l'impression de la comprendre de l'intérieur. Elle occupa presque tout le mémoire. Shakespeare qui avait eu accès aux sources historiques des vainqueurs, presque toutes à charge et souvent vulgaires, les transformait avec exubérance et s'abstenait de tout jugement négatif. Sa pièce était un affrontement entre Rome et l'Orient, deux mondes sans langage commun. Il avait décrit et construit sa protagoniste en lui attribuant une vaste gamme de qualités et de défauts contradictoires. Cléopâtre s'exprimait avec une fantaisie trépidante ; elle dégageait de l'électricité de bout en bout ; elle disait et faisait des choses étranges, qui avaient dû étonner même les premiers spectateurs habitués à la démesure élisabéthaine. D'où vient et pourquoi, par exemple, cette image presque attendrissante de la reine (plus vraiment toute jeune, déjà une femme mûre, une mère) qui sautille sur un pied, puis s'arrête pour souffler, dans les rues d'Alexandrie ? C'est Énobarbus, l'ami d'Antoine, qui le raconte :

*Une fois je l'ai vue sauter quarante pas à cloche-pied dans la rue, à bout de souffle, elle parlait, pantelante… et, hors d'haleine, elle respirait la grâce.*

Mais après tout, dix ans auparavant, pour arriver à rencontrer et à séduire César, ne s'était-elle pas fait enrouler dans un tapis selon Bernard Shaw ? Elle régnait sur un empire, mais elle était agitée par des sentiments de midinette. Elle était cruelle et émotive, généreuse et jalouse (« *cette naine à la voix caverneuse – avec un visage rond comme les femmes stupides* », en parlant d'Octavie, la femme d'Antoine). On l'entendait énoncer des phrases de petite fille et, quelques minutes plus tard, s'exprimer comme la toute-puissante reine d'Orient, déesse sur terre. Que voulait dire par exemple cet étrange vers :

*C'était mes journées salade, quand mon jugement était encore vert…*

(Mais oui, Shakespeare lui fait dire : « *My salad days* ». C'est une gentille blague ; la plupart des traducteurs essaient de trouver une solution pour contourner sa bizarrerie.)

Suivi quelques scènes plus tard par :

> *Je porte moi aussi le poids de cette guerre et comme souveraine de mon royaume, je veux y faire figure de soldat.*

Ses hyperboles en parlant d'Antoine :

> *Son visage était comme les cieux… son pas enjambait l'océan… Ses plaisirs étaient comme les dauphins…*

Et sa volonté de le surprendre toujours :

> *S'il est d'humeur sérieuse, dites-lui que je danse, s'il est gai, annoncez-lui que j'ai eu un malaise soudain…*

Je trouvais complexe et beau le dernier acte si lyrique, quand mort et amour se rencontrent et s'enroulent l'un sur l'autre avec le naturel de la fatalité. Le poète ose interrompre la rencontre entre la reine et Octave par une courte scène grinçante où Séleucus, le trésorier si honnête, trahit sa maîtresse, devant elle et sans vergogne. Il la trahit parce qu'elle est vaincue, c'est aussi simple que cela, et, comme les demi-imbéciles, il a même bonne conscience.

Bref, je travaillais avec fougue ; mon mémoire fut réussi, il était bien charpenté et très personnel. Je poussai aussi la coquetterie à terminer par la sentence définitive d'Énobarbus, un Romain, donc un ennemi naturel, qui malgré tout ne cache pas son admiration :

> *L'âge ne peut pas la flétrir, ni l'habitude ternir son infinie variété...*

Les mois passés avec Thomas furent heureux. Les premiers jours de notre cohabitation je me surveillais beaucoup de peur de l'effrayer. À doses homéopathiques d'abord, puis avec une certaine modération, enfin sans plus me contrôler, au fur et à mesure que la passion s'enrichissait de confiance, je commençais à lui raconter ce que je n'avais avoué à personne.

Les jours étaient studieux pour lui et pour moi, mais la nuit l'aspirante Cléopâtre laissait la place à une Shéhérazade débutante. Les heures s'écoulaient, nous murmurions de plus en plus bas. Il écoutait, souriait, racontait aussi, dormait un peu, me serrait fort, parlait d'avenir. Et surtout il ne me parut pas décontenancé, mal à l'aise de mes récits. Je ne lui faisais pas du tout peur. J'en étais tout étonnée. Je le faisais parfois rire. Jamais il ne montra la moindre perplexité quand, en mélangeant le passé, le présent, mes lectures, mes goûts, ce que j'avais perdu, mes rêves de gloire, mes angoisses, je me laissais aller à être à peu près moi-même. Un soir, comme pour le soumettre à un test ultime, je lui parlai des batailles navales et de mes connaissances, assez techniques, en armes à feu anciennes mais aussi modernes. J'obtins un sobre « cela plairait beaucoup à mon père », qui eut le résultat de me plonger dans un paisible ravissement.

Nous dormions la fenêtre ouverte par tous les temps ; le matin j'essayais de prolonger ces moments où les rais de soleil blondissaient ses avant-bras. Je regardais ses cils. Parfois, pour que son sommeil dure encore un peu, et mon bonheur aussi, je déployais des ruses de Sioux en retenant mon souffle, glissais pour dégager une épaule, approchais la main du réveille-matin et déplaçais l'aiguille de l'heure.

La séparation fut une horreur. Je crois que c'était ma faute. Chaque fois qu'il avait parlé d'avenir, j'étais restée silencieuse. Pourtant je n'ignorais pas que l'année de lectorat en Italie finissait en juillet et qu'il devait reprendre son poste dans l'université où il se destinait à une carrière de professeur. Si je n'avais rien dit, c'est que je ne savais pas comment faire. Je sentais que je ne pouvais pas repartir à vingt-cinq ans, abandonner les deux naufragés sur leur radeau, changer à nouveau de langue et de pays. Je ne pouvais pas.

Thomas pleurait, je pris la fuite en pleurant.

*

Le mouvement de soixante-huit arriva en Italie avec un franc décalage. Les événements de mai à Paris furent bien couverts par les journaux, sans plus. Ensuite il y eut un été très tranquille dans tout le pays. Ce n'est que vers septembre octobre que les choses se mirent en branle à Milan, pour n'exploser vraiment que l'année suivante. Le *Sessantotto*, commencé tard et lentement, dura et se transforma en un mouvement de plus en plus marqué par le terrorisme, les attentats, la violence urbaine, la radicalisation des mouvements étudiants et ouvriers.

J'ai vécu cette étrange période, qui avait débuté par de joyeux défilés d'étudiants et de « travailleurs » dans la ville pour ensuite continuer par des batailles rangées entre factions, du poste privilégié de la rédaction d'un journal.

J'avais cherché et trouvé un travail. Je m'étais présentée, sans recommandations particulières, dans deux journaux ; il m'était apparu avec évidence que c'était ce que je voulais faire ; à mes yeux d'alors, le métier permettant d'approcher les forces en jeu de la politique, voyager, raconter le monde. Les deux interlocuteurs que j'avais rencontrés me dirent les choses habituelles qu'il est normal de dire et d'entendre : je n'avais pas d'expérience, ils n'avaient pas de place vacante.

Je fis comme si je n'avais pas entendu, j'envoyais des papiers sur l'actualité ou des chroniques théâtrales que personne ne m'avait demandés et je passais régulièrement dire bonjour.

Quatre semaines plus tard on m'appela d'une rédaction pour me dire qu'un papier sur le théâtre allait être publié, l'autre journal m'envoya un contrat pour un an. Je jouai la concurrence avec tact et une retenue toute feinte. Finalement, sans négocier le salaire, j'acceptai le journal à mes yeux le plus prestigieux. Il appartenait à l'un des deux grands groupes qui se partagent l'univers des médias en Italie, riches de quotidiens et hebdomadaires en tous genres, possédant des maisons d'édition et des parts dans des radios libres.

Le soir de mon premier salaire fut une demi-fête. Je passai chez mes parents l'annoncer sachant que je leur faisais grand plaisir. C'était un tel bonheur pour moi aussi de leur dire que j'avais l'intention de les aider et qu'à partir de cette année ils allaient pouvoir partir en vacances. Je mis la conversation sur le lieu qu'ils allaient choisir pour ce séjour. J'entendis des destinations sur lesquelles ils n'étaient pas d'accord. Ils me demandèrent si je les accompagnerais. Je dis que oui, mais que je ne resterais pas. Je leur proposai Antibes. Le silence se fit. Une minute après, tous les deux refusèrent avec une douceur butée. Je les quittai, leur laissant un sujet de conversation qui allait les occuper pendant quelques jours.

Le soulagement immense d'avoir un travail et, en plus, d'avoir conquis celui que je voulais absolument s'accompagnait ce soir-là d'un sentiment pénible. Depuis longtemps j'avais pris conscience que chaque pas en avant, chaque étape réussie, resserrait l'éventail des possibles. Chaque fois que la cible était touchée, je renonçais à des milliers d'autres choses et m'éloignais de ce que j'avais cru être un destin. C'est, je sais, très bête de le dire comme cela, mais j'avais commencé à sentir que, comme d'autres milliards de petites billes colorées, j'entrai dans un entonnoir et que plus profondément je m'y engagerais, sous les applaudissements d'un public imaginaire, plus je tournerais le dos aux « idées inexprimables et vaporeuses » qui avaient marqué ma jeunesse.

Longtemps je n'avais pas compris que le fait d'être une femme était comme on dit un handicap ; je ne m'étais nullement attardée sur l'évidence qu'il était difficile d'envisager un destin à la Lawrence d'Arabie en étant de sexe féminin. Je n'avais d'ailleurs eu aucune alerte à ce sujet. Mes parents ayant oublié de m'interdire quoi que ce soit, je n'avais jamais de ma vie entendu dire que je ne pouvais pas entreprendre quelque chose parce que j'étais une fille. L'enfance et l'adolescence dans une ville du Moyen-Orient assoupie dans une torpeur trompeuse ne pouvaient pas m'ouvrir les yeux là-dessus : la différence homme-femme était masquée par la vraie

93

division qui était sociale ; on naissait ou parmi les soi-disant Occidentaux nantis ou parmi le peuple qui vivait à peu près comme dans la Bible. Quant à mes études chez les bonnes sœurs dans des classes non mixtes, en me privant de la confrontation physique et intellectuelle avec les garçons, elles m'avaient paradoxalement encouragée dans ce qu'il faut bien appeler une extravagante méprise.

★

Les premières semaines de travail de ma vie me plurent tellement que je n'en revenais presque pas. Le matin, je sautais avec élan sur la marche du tramway (à l'époque ils étaient d'un vilain vert bouteille et pas encore à rallonge). Les mélancolies existentielles s'évaporaient devant la sensation d'un vigoureux bien-être, celui qui m'envahissait à l'idée que la vraie vie commençait. La période était passionnante. La ville jouait à vivre une émeute permanente. Les assemblées de rédaction se succédaient. Tout le monde parlait politique. J'avais l'impression d'une cour de récréation pour jeunes adultes, mais je me gardais bien de le faire remarquer : l'atmosphère était empreinte de sérieux et mes nouveaux amis avaient le visage fatigué et préoccupé des résistants à l'aube d'une révolution, ou, pour le moins, d'une nouvelle page d'histoire.

Le journal sortait régulièrement, mais les idées exposées tiraient sa ligne à hue et à dia. Le directeur qui avait charge de rendre compte de l'orientation à des actionnaires supposés conservateurs se tenait en équilibre. Il avait une bonne tête, je lui étais si reconnaissante de m'avoir embauchée. J'essayais donc de concilier les deux choses, l'ardeur au travail et la participation à des palabres austères et fumeuses qui avaient lieu dans la salle de la cantine.

Un couple s'était formé et avait peu à peu (on ne sait jamais vraiment comment naît un leadership, l'alchimie en est très complexe) pris la tête du mouvement au journal. Vittoria et Paolo étaient mariés chacun de leur côté, avec enfants en bas âge je crois, mais la ferveur politique avait fait éclater leur «confort bourgeois». C'était ce qu'ils en disaient eux-mêmes et tout le monde trouvait cela bien, presque héroïque, en tout cas adapté à la période que nous vivions. Ils passaient pour avoir été de bons journalistes, mais le travail était désormais le dernier de leurs soucis. Ils étaient jour et nuit, leur amour sincère et réciproque aussi, au service de la lutte des classes. Du coup, à l'heure du déjeuner, on avait droit à des lectures pieuses de l'œuvre de Gramsci, et nous faisions attention à ne pas faire trop de bruit avec nos couverts pour ne pas troubler la concentration et la réflexion requises. Gramsci, une découverte pour moi, me semblait très bien écrit et passionnant, mais j'avais quelques doutes sur la méthode, et je trouvais exagérée l'instauration d'une sorte de messe quotidienne obligatoire.

Quelques jours plus tard, on me demanda de traduire un texte d'Hô Chi Minh rédigé en français. Je lus les douze pages en question, un mélange d'idioties écrites en un charabia naïf et pompeux. Je décidai de prévenir en aparté, avec les précautions d'usage, les deux leaders que cela me semblait un texte sans grande valeur, peut-être un faux ; ils s'en offusquèrent : « Cela nous vient de nos camarades français de Boulogne-Billancourt. » Je confesse que devant mon incapacité à convaincre je fis ce que l'on me demandait sans plus objecter. Avec un pincement au cœur, non pas pour la fausse épître d'Hô Chi Minh à traduire, mais parce que je devais encore une fois tenir compte du modèle ambiant et reprendre mes acrobaties mimétiques pour éviter d'être différente. J'avais seulement changé de milieu ; ce n'était plus une classe de jeunes filles de bonne famille, c'était à présent un petit groupe d'aimables guérilleros autoproclamés, de zélotes têtus, de prophètes d'un monde en changement.

Pourtant, Vittoria était une femme cultivée, je pense qu'elle avait toujours été la première de sa classe ; le genre de fille sage sur laquelle on peut compter. Elle n'aurait pas déparé au lycée des Marcelline. Un peu cheftaine, coiffée d'une éternelle queue-de-cheval, talons plats, courageuse et sportive. Elle était devenue la gardienne de l'idéologie ; son amour pour son compagnon était renforcé par une admiration éperdue ; de temps en temps elle nous réclamait le silence avec sévérité : « Paolo dit quelque chose d'important. »

Paolo lui avait généreusement délégué le travail et les efforts ; sympathique, madré, il n'était pas sans charme mais je ne m'explique toujours pas l'emprise qu'il exerçait sur Vittoria d'abord, sur toute la rédaction ensuite. D'autant plus qu'il avait saisi l'occasion des événements historiques pour ne plus faire grand-chose et ne plus écrire du tout dans le journal. Quand la direction lui demandait un texte, il prenait un air amical et condescendant, du genre : « Si vraiment vous insistez je veux bien, pourquoi pas, mais, avec tout ce qui se passe, est-ce bien raisonnable... » Et cela s'arrêtait là.

J'essayais de temps en temps de convaincre le directeur de m'intégrer dans le secteur de « politique intérieure ». Sans grand succès ; je n'arrivais pas à sortir du culturel et, sans le vouloir, parce que j'étais entrée au journal par ce biais, j'étais en train d'acquérir une spécialité théâtre. Par pragmatisme, je décidai d'attendre un peu, de ne pas brusquer les choses et de voir si je pouvais un jour, en rencontrant l'actionnaire principal, convaincre mes supérieurs que j'étais faite pour commenter la politique.

★

Mes parents choisirent Lugano, dans le Tessin, pour leurs premières vacances. La destination avait plein d'avantages ; proche, elle me permettait d'aller les voir de temps en temps sans y rester plus d'une demi-journée. La chambre louée dans un « garni » était minuscule, mais pas chère et impeccable. Il me revint à l'esprit une phrase de ma grand-mère : « Quand on devient un peu vieux, on se prend à préférer la Suisse à n'importe quel pays. » La ville brillait de propreté ; encastrée entre deux montagnes douces et boisées, elle s'étendait sur les rives d'un des plus petits lacs préalpins ; les cafés, les banques et les pâtisseries se succédaient sur les trottoirs.

Tout rétrécissait dans leurs vies : le destin les avait contraints d'abandonner les grands ports pour des imitations lacustres. Plus de houle et de grands vents, mais le clapotis de l'eau sous des pontons aménagés. Plus de paquebots et de docks, mais des bateaux blancs d'opérette pour les « tours du lac » et des pédalos bariolés en forme de voiture. Mais ça leur convenait (je sentais que Lugano allait être adoptée ; j'avais raison : ils y revinrent tous les ans). J'étais aussi à peu près sûre que, parmi les attraits forts, il y avait la proximité d'un casino.

Ceux qui ne fréquentent pas les casinos pensent qu'ils sont destinés aux gens riches qui y risquent leur fortune. Mais c'est aux gens presque pauvres que les casinos procurent le plus de plaisir. S'habiller avec soin, attendre l'heure d'ouverture, jouer petitement, en réfléchissant beaucoup (à quoi, bon sang...), se réjouir d'un gain modeste, en parler sérieusement, activer des superstitions compliquées, commenter la répétition imprévue d'un numéro, d'un cheval, d'une transversale, voilà de quoi occuper les après-midi. Et si on est joueur, quitter la table de roulette à une heure préalablement décidée, quels que soient la situation du jeu et l'état des finances personnelles, est un acte d'héroïsme qui donne des satisfactions inconnues aux non-initiés.

Jamais je ne leur en ai voulu de dépenser une partie de leurs maigres économies de cette manière. Je trouvais même cela bien, cohérent avec leur vie précédente et leur attitude peu respectueuse des valeurs de l'argent. Sur l'humeur de tous les deux, et surtout de ma mère, Lugano et le casino de Campione avaient une influence bénéfique. Elle s'animait quand elle me racontait les après-midi de jeu et recommençait à s'intéresser à d'autres choses, à la peinture et la sculpture pour lesquelles elle avait non seulement des dons, mais aussi un goût et une mémoire visuelle très particuliers.

Une collection de grande beauté était ouverte au public dans une somptueuse villa en bord de lac. C'était la collection Thyssen-Bornemisza qui depuis quelques années a quitté la Suisse et occupe un palais de Madrid. Des tableaux relativement petits, comme c'est souvent le cas dans les collections privées, avec une prédominance de portraits, contenant des œuvres d'exception, étaient le but de visites très fréquentes. Rassuré, soulagé, mon père suivait. Une fougue, que je n'avais plus entendue dans les propos de ma mère depuis au moins douze treize ans, lui redonnait des couleurs. Je me souviens d'un portrait de jeune homme de Raphaël, beaucoup plus audacieux et insolent que l'ensemble de son œuvre. C'était une merveille. Elle m'avait fait remarquer l'habileté du peintre qui avait choisi un presque profil pour que le regard soit en biais mais franc, la fossette du menton, la lèvre supérieure légèrement retroussée. Il y avait de l'humour dans son regard aguicheur. « C'est si bien, me dit-elle, que je ne pense pas que ce soit entièrement de lui. »

Dans la même salle, un enfant blond de Piero della Francesca regardait, lui, au loin, revêtu d'un manteau de velours pourpre avec une manche brodée d'or.

Et devant un Carpaccio calme, représentant un jeune homme de face, seul et pensif devant un paysage stylisé, en armure de pied en cap et en train de sortir sa grande épée du fourreau, elle prit un air malicieux : « … tu as vu comme il te ressemble ? »

★

Ce n'était pas une mince affaire de convaincre ma direction et d'obtenir au moins une interview d'un homme politique chaque mois. J'essayais toutes les voies et les propositions qui me venaient à l'esprit : entretiens, portraits, portraits croisés – en promettant que je n'abandonnerais pas mes papiers habituels sur le théâtre et les travaux de relecture que j'assurais. La technique dont je m'étais servie au moment de mon embauche – faire d'abord, sans autorisation, et montrer mon travail ensuite – ne pouvait pas fonctionner dans ce contexte. Je n'aurais pas osé solliciter auprès d'un ministre un entretien qui aurait pu ensuite ne pas passer.

Ce fut une des démarches de ma vie tentée avec le plus de détermination ; j'imaginais que cela aurait pu m'ouvrir des portes, me faire voyager, me mettre un peu en danger. J'y attribuais une importance exagérée ; je luttais pour ne pas être enfermée dans une boîte culturelle à laquelle de toute évidence mes directeurs me destinaient avec entêtement.

Mes tentatives ne marchèrent jamais. Mais elles provoquèrent une évolution inattendue.

J'avais pu rencontrer le propriétaire qui était le fils du fondateur. Il avait de l'allure, de la culture, on disait que sa thèse de philo avait été marquante vingt ans auparavant. On le disait aussi beau. Je n'aurais pas été jusque-là : disons élégant. Il plissait les yeux souvent comme un lézard. Comme un lézard, il tournait la tête subitement, jetait un regard sur son interlocuteur et s'immobilisait. Puis, faisant un effort pour sourire, il posait des questions à côté du sujet, n'écoutait pas vraiment les réponses (qui d'ailleurs étaient forcément déplacées elles aussi), se levait ou s'asseyait sans raison. Il donnait l'impression de faire d'immenses efforts pour ne pas s'ennuyer en écoutant son prochain. La première entrevue fut assez longue, mais n'aboutit à aucune ouverture et je sortis de la pièce convaincue que je n'avais pas su lui parler ou que je ne lui avais vraiment pas inspiré confiance.

Deux semaines plus tard, il me fit appeler. Consacra une bonne demi-heure à des propos décousus, se voulant parfois drôle, souvent vicieusement sarcastique à propos de ses collaborateurs, dérivant sur des histoires de changements de bureaux, insistant sur la période agitée et même catastrophique que nous traversions. Puis arriva sa proposition. Elle fut énoncée avec autorité et sans les diversions habituelles. Il avait besoin d'un directeur pour son imprimerie (c'était encore les années où les journaux possédaient leur propre imprimerie). On allait « au-devant de mutations importantes », les machines devaient toutes être remplacées, le nombre d'ouvriers sur machine devait diminuer, il fallait craindre des troubles syndicaux dans les mois à venir. Il me proposait la direction de l'ensemble. Deux cent quatre-vingts ouvriers, quinze employés. L'imprimerie se trouvait dans la banlieue est. À propos : est-ce que je savais conduire ?

Un mois plus tard, j'étais assise dans un avion à côté d'un technicien aimable et résigné, en vol pour Düsseldorf où se tenait un salon des machines d'imprimerie. J'avais accepté. Tout ce que j'avais pu dire sur mon incompétence absolue, mon inexpérience presque comique avait été balayé d'un revers de main.

Le problème n'était pas là. Pour diriger, m'avait-il dit avec un sourire en coin, il fallait savoir surprendre. C'est en prenant les choses et les gens à contre-pied qu'on marque des points.

Je n'avais jamais imaginé ce genre de situation. Une jeune femme, une journaliste qui écrivait surtout sur le théâtre, incompétente en finances, ignorant la logistique, ayant participé aux lectures révolutionnaires à la cantine, sans expérience de ce que l'on commençait à appeler le management... Voilà : c'était son choix de patron pour diriger une grande imprimerie, la future interlocutrice des représentants du personnel, la gardienne de la bonne gestion financière de l'usine, la dirigeante qui devait se faire respecter. Il n'y avait pas à discuter. Et personne autour de lui ne broncha. Au fond, on disait qu'il prenait rarement des décisions, préférait diriger en laissant pourrir les choses, mais quand il en prenait cela marchait presque toujours.

Je ne le savais pas encore : tout patron est un tyran édulcoré. Loin de moi l'idée de formuler un jugement moral ; c'est ainsi, inhérent à la fonction, et je connais très peu de cas non conformes. Un patron de grande entreprise (comme un tyran classique) a besoin dans l'entourage rapproché d'un mélange équilibré de dévots inconditionnels et de personnalités solides et actives. Tant que l'équilibre se tient, sa réussite est presque assurée. Si, parmi ses proches collaborateurs, les personnalités originales deviennent trop nombreuses, le désordre peut s'installer et la machine s'emballer. Mais si, en revanche, ce sont les dévots qui prennent le dessus, cela veut dire que le patron est fatigué ou vulnérable, ou tout simplement qu'il vieillit ; et on entre dans des zones troubles qui font courir des risques mortels à l'entreprise.

À l'époque où, avec une docilité incompréhensible et une angoisse tenaillante, elle bien explicable, j'acceptai cette charge imprévue, le point d'équilibre de mon patron était encore à peu près satisfaisant.

\*

À la toute fin des années soixante parut chez l'éditeur Einaudi un court recueil de poèmes traduits du grec de Constantin Cavafis. Je vivais les mois d'adaptation à mon métier de patronne d'une grande imprimerie et ne remarquai pas la publication qui fit sans tarder un certain effet dans le milieu que je continuais autant que possible à fréquenter. «Tu dois connaître, toi qui es née en Égypte», me dit bien plus tard un de mes ex-camarades de lectures gramsciennes. Non, je n'en avais jamais entendu parler. Mes parents interrogés répondirent avec leur nonchalance habituelle quand il s'agissait du passé : «Oui, on m'avait dit qu'il travaillait au Bureau de l'irrigation, enfin travailler... il paraît qu'il ne faisait rien dans son bureau toute la journée», fut la réponse de mon père. «Je crois que je suis trop jeune pour l'avoir connu», concéda ma mère en laissant entendre que si c'était si important que cela, elle l'aurait su.

La traduction de Nelo Risi et Margherita Dalmati était splendide. Les poèmes en devenaient presque transparents. Une eau limpide, faussement limpide, où se reflétaient l'Alexandrie d'hier ou celle d'antan, des figures de pauvres gens ou des personnages de l'Histoire, des comparses ou des héros, des paysages en ruine ou des palais couverts d'or. À travers le style précis d'une chronique épurée, des histoires minuscules de personnages minuscules se laissaient apercevoir, pour un moment ou un jour de leur vie. On avait la sensation physique du temps écoulé, de la poussière accumulée, du vent qui a érodé les murs. Comme pour Homère, dont il est le descendant lointain, celui qui n'a pas eu la chance de vivre les temps héroïques mais s'est adapté à ceux de l'effritement et de la décomposition, Cavafis nomme les gens et les choses, en leur donnant l'éternité. Il transmet, avec des moyens volontairement sobres, le caractère poignant qui émane des restes d'un passé, d'un fantôme de passé, on aimerait pouvoir dire : d'un fantôme d'un fantôme.

Sa ville, celle où j'étais née quelques années après sa mort (et dans le même Hôpital grec), était nommée ou présente à toutes les pages. La nuit, quand je le lisais avec une certaine fièvre, je pouvais croire que c'était à moi qu'il parlait :

> *Tu ne trouveras pas d'autres lieux, tu ne trouveras*
> *    pas d'autres mers,*
> *La ville te suivra partout…*
> *Il n'y a plus pour toi ni chemin ni navire.*
> *Pas d'autre vie : en la ruinant ici,*
> *Dans ce coin perdu, tu l'as gâchée sur toute la*
> *    terre.*

Alexandrie naissait juste quand la Grèce classique déclinait. Et depuis sa fondation, depuis deux millénaires, elle était devenue championne en déclin. Contribuant par ses périodes obscures à la transformation et au demi-oubli des histoires vraies et des légendes, elle avait survécu en s'adaptant. Cet esprit alexandrin, dont Cavafis est l'héritier conscient, était trop changeant et adaptable pour disparaître tout à fait. Sa force résidait dans sa souplesse. Et dans un fatalisme singulier.

*Si tu ne peux pas mener la vie que tu veux,*
*essaie au moins de faire en sorte, autant*
*que possible : de ne pas la gâcher*
*dans trop de rapports mondains,*
*dans trop d'agitation et de discours…*
*jusqu'à en faire une étrangère importune.*

Il y a des poèmes narratifs dans cette œuvre où l'Histoire est traitée avec le respect que l'on doit aux vieilles dames menteuses. Le poème *Les Rois d'Alexandrie* qui raconte le couronnement des trois fils de Cléopâtre est un exemple presque miraculeux des dons du poète. Le contraste est violent entre la mise en scène officielle et la réalité historique, d'où – fort et subtil – le sentiment de précarité qui s'installe. Sans dérision directe. Mais avec l'acceptation tranquille du côté dérisoire de toute existence :

*… Césarion se tenait un peu en avant, vêtu de soie couleur de rose…*

Il est nommé Roi des Rois, mais personne n'est dupe :

*... bien entendu les Alexandrins se rendaient compte que tout ceci n'était que des paroles et du théâtre. Mais la journée était chaude et pleine de poésie, le ciel d'un bleu très clair...*

Et il y a les poèmes intimes, amoureux. Ceux qui parlent de la solitude ou du désir. Comme celui que j'aimais tant et qui aujourd'hui me fait un peu peur :

*Minuit et demi. L'heure a passé vite,*
*depuis qu'à neuf heures j'ai allumé la lampe*

et qui se termine par :

*Minuit et demi. Comme l'heure a passé.*
*Minuit et demi. Comme les années ont passé.*

L'Alexandrin, comme l'ont appelé assez tôt ses admirateurs, a probablement bien connu la légère ivresse provoquée par la mondanité, mais aussi la sourde tension que génère la grande solitude. Il ne choisit pas. Il n'y a pas de conseils de vie dans l'œuvre de Cavafis. Il n'est question ni de bien ni de mal, et il n'y a aucune différence entre les choses importantes ou banales. Je trouve tellement juste le raccourci de E.M. Forster, qui l'a connu dans sa jeunesse alors qu'il n'était que le fainéant fonctionnaire du Bureau de l'irrigation et l'auteur d'une vingtaine de poèmes imprimés sur feuilles volantes : « Vous pouviez le rencontrer à un croisement de rue. C'était un gentleman grec en chapeau de paille, qui se tenait debout parfaitement immobile, légèrement en biais par rapport à l'univers. »

★

Depuis toujours, que ce soit dans un lieu que j'habite ou dans une ville de passage, on m'arrête pour me demander le chemin. C'est devenu une blague avec mes proches : on pourrait parier sur combien de fois au cours d'une promenade je serai interrogée sur la route à suivre pour rejoindre un lieu, un restaurant marocain dans les parages, le square le plus proche, la pharmacie ouverte le dimanche. J'ai acquis une certaine expérience, je m'exprime en peu de mots que j'accompagne par des gestes précis – droite, gauche, tout droit. Si c'est dans une ville que je ne connais pas et dont j'ignore la langue, j'esquisse un sourire désolé et j'écarte les mains en une mimique d'impuissance navrée.

Ma mère, que cela amusait au plus haut point, avait des explications contradictoires, selon son humeur : on sent que tu as l'étoffe d'un général, tu as l'air plus serviable que les autres, on n'a pas peur de te faire perdre ton temps, c'est ton côté bon genre... Thomas disait que j'étais rassurante, que tout le monde avait envie de me parler. D'autres confirment que j'inspire confiance.

Selon moi, c'est parce que je donne l'impression de savoir où je vais. Avec l'âge, c'est devenu presque vrai, mais pendant tant d'années tout cela était aussi inapproprié que de demander son chemin à un enfant perdu. Je venais moi aussi d'un carrefour décentré, j'étais «en biais par rapport à l'univers».

Mais je faisais semblant d'être chez moi.

*

L'aventure de l'imprimerie dura presque quatre ans. Elle me demanda beaucoup d'efforts, je me servis des armes que j'avais : curiosité, bonne résistance nerveuse.

Mes incompétences béantes, du moment qu'elles étaient avouées, permettaient à mes collaborateurs de se sentir à leur aise, de prendre de la place les uns par rapport aux autres, de se sentir supérieurs à moi dans leurs domaines, de me faire part de leurs inquiétudes, d'exposer franchement les risques et de se réjouir ensemble des réussites. Ce fut pour eux une bonne période ; pour moi aussi, tout compte fait. Il n'y eut pas de catastrophe majeure.

Mon lézard de patron demandait de temps en temps des nouvelles ; comme il n'y avait rien de spécial à en dire à part quelques grèves, que l'on ne perdait pas d'argent, que mes collaborateurs interrogés en cachette ne me débinaient pas trop, j'en déduisais qu'il devait être content. Je n'avais pas assez d'expérience pour imaginer et comprendre que si au contraire la situation s'était révélée critique ou même catastrophique, il n'aurait pas été vraiment mécontent.

Il aurait peut-être trouvé cela plus distrayant.

Je renouais avec la vie du journal ; sans l'avoir cette fois réclamé, je me trouvais en charge des sujets de société ; cela me convenait parfaitement. Je fourmillais d'idées pour les séries d'été. Pour de vastes reportages. Concernant les grandes enquêtes, on verrait plus tard me dit mon patron. Je remarquai pour la première fois ses lèvres si fines qui lui donnaient une expression à la fois veule et autoritaire. Une trace de salive blanche aux commissures. Il me répéta encore une fois qu'il n'y avait pas beaucoup de boîtes qui m'auraient permis une expérience aussi vaste et variée.

J'étais d'accord.

J'ai beaucoup aimé les grosses entreprises. J'ai entendu les comparer à des armées, des bataillons ; les métaphores militaires sont souvent utilisées. Je pense que ce n'est pas du tout dans cette direction qu'il faut chercher des similitudes. S'il s'agit d'une entreprise privée, je penserais plutôt à un gros bourg médiéval. Avec des rites qui se consolident dans le temps, une vie de village, les rôles principaux qui s'ajustent les uns aux autres, qui se complètent et s'emboîtent. C'est un corps vivant, il a besoin de mouvement, de secousses, de fêtes rituelles, de drames purificateurs. On reconnaît des personnages récurrents qu'on retrouve partout presque identiques. Des archétypes : le prince, son grand chambellan, le grand-duc ou la grande-duchesse, l'émotive dévouée, le colérique bonne pâte, le sournois névrosé, la Cassandre toujours éplorée, le je-sais-tout impatient, le traître souriant, le traître triste, la kapo, le preux chevalier, le brillant sujet, le gai luron, le raisonneur ou la raisonneuse qui ne lâche jamais.

Quand il s'agit d'une société plus grosse, ou d'une multinationale, on passe à la ville high-tech, avec même un petit côté science-fiction. Comme il n'y a plus de prince ou qu'il est forcément de passage, le pouvoir est caché dans un nuage ; le langage commun est plus codé ; les moments de fête ou de drame ont des rituels plus élaborés. Mais les archétypes s'y retrouvent, avec les mêmes expressions, les mêmes rapports de forces, parfois (c'est étonnant) des corps, des allures ou des visages semblables.

★

C'est à Lugano un été – je me souviens de la couleur de mes espadrilles – que je commençai à remarquer que ma mère avait de moins en moins de souffle. Cinquante pas et il fallait faire une petite pause sur le trottoir. Grand soulagement quand on s'arrêtait à une terrasse de café. Sourires forcés. Le lendemain à Milan je n'y pensais plus.

C'est aussi à Lugano un printemps froid – je me souviens de mon imperméable bleu à capuche – qu'une scène silencieuse eut lieu dans une pâtisserie. Un homme, élancé, agile, le visage anguleux, accompagné d'un homme plus jeune qui lui ressemblait beaucoup, entra et alla vers le comptoir pour choisir et acheter des gâteaux. Je le reconnus, même si je ne l'avais pas vu depuis longtemps : il était venu nous rendre visite à Antibes plus d'une fois, il se trouvait au vernissage de l'exposition à Rome, il m'avait offert un collier en perles de turquoise, c'était un ami de longue date, fidèle et affectueux, professeur d'architecture à Zurich. Prête à bondir pour l'appeler et lui dire bonjour, je me tournai vers ma mère. Avec force elle me serra le bras et sans parler m'intima impérieusement de me rasseoir. Elle s'était cachée derrière le journal grand ouvert. C'était mon *Corriere della Sera* attrapé avec rage.

Je ne comprenais pas, mais je commençais à comprendre. Au bout de longues minutes, l'homme et son fils prirent leur paquet, payèrent sans se retourner vers les tables du salon de thé, et s'engouffrèrent dans le tourniquet à grands pas souples. Même les larmes étaient silencieuses, derrière ce pauvre *Corriere* chiffonné. Cela dura un certain temps, jusqu'à ce que je dise à ma mère qu'elle pouvait poser le journal : Werner était ressorti.

Je laissai passer encore quelques minutes, me levai pour régler l'addition, retournai à la table, lui essuyai le visage avec sa serviette comme si elle avait trois ans, lui dis avec fermeté de se lever. Il fallait que l'on aille se promener.

Une demi-heure plus tard, elle desserra les dents pour dire : « ... je ne voulais pas qu'il me voie ainsi, je ne suis plus moi. »

★

Quand, après dîner, au volant de ma Mini Cooper blanche dont j'étais si fière, je repris l'autoroute pour Milan, beaucoup d'épisodes de mon enfance et de mon adolescence se bousculaient dans ma tête. Les morceaux éparpillés reprenaient leur place côte à côte, par paquets, et s'imbriquaient avec facilité. Je repensais aussi à ces enveloppes dans le placard de leur cuisine, en haut derrière les épices, qui portaient toujours le

nom de ma mère et l'indication «poste restante».
Envoyées de pays différents, il y en avait plusieurs liasses ; les timbres portaient des dates très
anciennes mais aussi assez récentes.

Je le savais déjà : l'amour peut traverser des vies
comme une rivière souterraine ; les irriguer sans
apparaître au jour. Mais, vers la fin, c'est compliqué.

*

En donnant au directeur de mon journal
l'autorisation de me nommer responsable des
pages «Société», le grand patron lézard m'avait
fait un très grand cadeau. Je slalomais entre les
sujets sérieux et ceux qui l'étaient moins, tissais
des liens avec l'actualité politique sans forcer, uti-
lisais des informations culturelles pour nourrir
sans cuistrerie mes pages. J'avais une si petite
équipe sous mes ordres qu'aucune comparaison
ne pouvait se faire avec les années écoulées.
Rythme différent, aucun problème de gestion des
personnes, peu d'information et d'implication
dans les résultats financiers.

J'étais contente. Je me fis prudente.

J'aurais pu sauter de joie si je m'étais laissée
aller à mon véritable état d'esprit. Au fond de
moi, je trépignais de plaisir. Cette fois, le comte
Mosca ne m'oublia pas. Il m'inspira une attitude
posée, modérément confiante. Je fis savoir que

j'étais loin d'être sûre de combler l'attente que j'avais suscitée ; le renouveau n'était pas facile à enclencher ; le cocktail d'ingrédients nécessaires, au fil des jours, pour remplir ces pages ne pouvait qu'être délicat à trouver.

J'avais besoin d'aide et d'idées ; je les demandais à tout le monde, surtout à mon bienveillant directeur ; quant à celui qui m'avait « déjà donné avec une si grande générosité tant d'occasions professionnelles » (c'étaient ses mots rapportés par une amie), je lui glissai au cours d'une entrevue que je ne mettais pas bien haut mes chances de réussite, je lui demandai aussi de me concéder un an avant de me juger ; j'allais tout faire pour ne pas le décevoir, mais la tâche, demandant à la fois de l'inventivité et du souffle pour assurer un renouveau sans casser la tradition, était peut-être trop ardue pour moi.

Il maîtrisa sa surprise. Je vis une lueur de méfiance dans ses yeux gris. Elle s'estompa immédiatement et ses paupières se plissèrent dans un sourire.

J'eus la paix pendant plus d'un an.


J'ai un beau souvenir d'une série d'été où je sortis un peu de mon champ en lançant cinq reportages sur des villes de l'Antiquité qui avaient prospéré sous le règne d'une femme. Une idée un peu bidon, disons rien de très nouveau : Carthage et Didon, Alexandrie et Cléopâtre, Palmyre et

Zénobie, Ravenne et Théodora, Constantinople et Irène. Des reines ou des administratrices avisées. J'eus un moment la tentation d'y ajouter Judith, surtout à cause du vigoureux « oratorio militaire » de Vivaldi, *Juditha triumphans*, mais cela me parut forcé. Judith n'avait après tout triomphé que d'Holopherne, ivre endormi et amoureux. Au cours des siècles, une aura incroyable a accompagné le récit de cet acte de traîtrise, inspiré des dizaines de tableaux, d'œuvres d'art : tout ça pour avoir égorgé un chef de guerre ennemi. Une pensée pour le Lézard me traversa l'esprit ; le trahir peut-être, mais, non, malgré tout, je n'aurais pas pu le zigouiller dans son sommeil. Exit Judith. Je me concentrai sur les vraies conquérantes.

Je laissai Alexandrie à un brillant journaliste (je n'avais pas la force d'y toucher) ; répartis les autres sujets et m'envolai pour Damas. Après un jour de promenades dans les souks et d'achats de nappes brodées de fils d'argent, je partis en voiture pour Palmyre avec un photographe et une arabisante aux yeux de biche. Il y avait un hôtel au beau milieu des ruines qui, sans originalité fracassante, s'appelait Zénobie (il a été récemment pillé, souillé, brûlé). Vétuste, les chambres meublées avec des lits et des chevets de dortoir ou d'hôpital de campagne, il avait hébergé des générations d'archéologues. Une terrasse offrait une vue sur l'ensemble de la ville ancienne, les tombeaux et le château arabe. Le soir de notre arrivée, deux ânes s'appuyaient sur le mur d'enceinte. Un petit scorpion sommeillait sous ma chaise.

Nous eûmes une chambre pour trois, ce qui me plut beaucoup, donnant à l'équipée le ton d'une vacance d'adolescents. Le deuxième soir, j'annonçai à mes compagnons que j'envisageais d'aller dormir à la belle étoile dans l'enceinte du château arabe. Voulaient-ils venir avec moi ? Était-ce dangereux ? Ils étaient sûrs de préférer dormir dans un lit et, à la seconde question, Farid répondit : « Non, pas plus dangereux qu'ailleurs. » Son visage rond, ses jolies mains soignées, sa connaissance sans ostentation de l'histoire de son pays m'inspiraient de la sympathie.

Ils m'accompagnèrent dans la montée de la colline, qui était assez raide, nous bavardâmes un peu et ensuite je restai seule. Le château, qui domine le site et impressionne par sa rudesse, est éventré et n'a pas grand intérêt à l'intérieur. Je choisis un coin à peu près propre et me calai contre un mur.

Je n'ai pas dormi cette nuit-là. Le ciel pulsait. Le froid commença à mordre très vite. Il contrastait avec des caresses de vent doux. Il y avait des petits bruits, mais rien de bien effrayant. Les heures passèrent sans fatigue. Je grelottais. Avant l'aube, le paysage se couvrit pendant quelques minutes d'un duvet mauve. Puis tout s'embrasa de rose et de pourpre. Et la chaleur revint soudaine, par vagues qui cognaient de plus en plus fort.

Je riais au petit déjeuner sur la terrasse de l'hôtel. J'étais fière de moi. Je m'étais fait la démonstration que l'on pouvait travailler, beaucoup et sérieusement, se contraindre, se couler dans tous les moules, mais qu'avec un peu d'organisation il était possible de s'échapper de temps en temps. De faire le mur.

Nous reprîmes la voiture pour Damas le lendemain. Le reportage était dans la boîte. Le chauffeur (baptisé «grandes oreilles» à cause de sa supposée appartenance à la police) nous entendit surtout chanter à tue-tête. Je me fis applaudir avec *Emmenez-moi* et les paroles d'Aznavour... *un beau jour sur un rafiot craquant de la coque au pont...* La belle arabisante roucoula *Ya habibi* avec des inflexions à la Asmahan, allant du velouté au grinçant.

À mi-chemin, au milieu d'une plaine aride, je vis un panneau amoché qui signalait vers l'est, du côté de l'Euphrate : *Bagdad, 400 kilomètres.* Vingt-quatre heures plus tard, j'animai une réunion de programme au journal.

★

Les derniers mois de sa vie, ma mère les a passés couchée sur un flanc, la tête relevée par des oreillers, une bonbonne d'oxygène à portée du lit. La belle crawleuse était désormais un pauvre poisson échoué sur une grève qui tentait vaillamment de respirer ; les côtes saillantes se soulevaient par saccades dans l'effort, s'abaissaient ensuite brutalement et pour un temps très court. C'était insoutenable à regarder.

On faisait tout ce qu'il fallait : visites, contrôles, analyses. Elle savait qu'il n'y avait pas grand-chose à espérer, essayait de résister pour éviter ces déplacements, puis acceptait pour me faire plaisir. Elle répondait avec précision aux médecins, leur avait une fois pour toutes demandé de ne pas raconter d'histoires et de lui dire quand ce calvaire prendrait fin. Les médecins plus jeunes lui tenaient la main, lui disaient qu'elle devait être courageuse. Un nouveau venu dans le service lui demanda un jour sa date de naissance pour compléter ses fiches. Il eut droit à sa dernière coquetterie : « Je regrette docteur, j'ai tellement menti là-dessus dans ma vie que je ne m'en souviens plus. »

Le jeune homme se tourna vers moi, sans obtenir de réponse. J'avais plutôt envie de la féliciter.

Quand tout fut fini, au lendemain d'une nuit à la fois si interminable et si courte (l'image du sablier s'imposa tout le long, terrible : quelques heures encore, quelques minutes, quelques secondes, plus que quelques grains de sable), je préparai le café à mon père, commençai à m'activer, appelai le médecin, ressentis un triste soulagement. J'ouvris les fenêtres, fis le tour de l'appartement.

Dans le placard, en haut derrière les épices, il n'y avait plus rien, plus de liasses de lettres. Dans la bibliothèque tous les albums de photos avaient disparu. Une grande boîte rouge, que j'avais vue pleine à craquer de photos en vrac et de menus souvenirs ajoutés au fil des saisons, était vide. Ma mère avait dû se faire aider pour détruire et brûler non seulement ce qui lui appartenait, mais aussi des portraits de famille, nos correspondances, nos souvenirs. Comme elle voyait toujours un peu trop grand, les feuilles d'impôts et de copropriété, les permis de conduire et les passeports étaient eux aussi introuvables. Une garde-malade, une femme de ménage, la gardienne peut-être, lui avait obéi sans nous prévenir.

En revanche, je trouvai bien visible une enveloppe qui m'était destinée dans le tiroir de sa table de chevet. C'était court :

*Mon cher amour,*
*Je souhaite être incinérée (après ma mort, naturellement). Gaby.*

Je suis sûre qu'elle avait préparé son coup depuis longtemps : une incinération générale, corps et biens, accompagnée d'une blague délicate. Pour me faire rire.

Ça a failli marcher.

★

Le fils de mon patron lézard ne ressemblait pas du tout à un lézardeau. C'était un jeune homme baraqué, au regard franc, qui se destinait à une carrière universitaire scientifique. Dans mon souvenir, il était déjà assistant à l'université d'une grande ville. Son père qui traversait, comme souvent, une crise d'hypocondrie, le décida à tout abandonner pour se former à l'entreprise et prendre un jour sa suite. Il était fils unique, après tout c'était un devoir.

Le dispositif gagnant était trouvé. Il instituait un tandem constitué de son fils et moi, ajoutait un directeur financier censé nous donner des conseils avisés et nous surveiller. Bref, selon les jours, c'était un duo, un trio, un directoire. Quant à lui, nous avions sa promesse solennelle : quelques mois après avoir mis à la tête de son groupe de journaux, radios et d'imprimeries deux personnes de confiance et son propre fils héritier, il allait progressivement s'éclipser ; l'esprit et le cœur tranquilles.

Je rechignais à quitter le journalisme pour le « top management ». Les pages « Société » étaient appréciées, j'avais une certaine liberté, je pouvais écrire et faire écrire à mon gré. J'avais aussi la possibilité de m'échapper de temps en temps. Quant à l'argent, j'avais appris à m'en méfier. Je refusai donc en déclarant ma gratitude, dis que je ne me sentais pas en mesure d'assurer cette codirection, pas tout de suite en tout cas.

Commença une guerre souterraine. Rien ne filait plus comme avant. Je ne savais jamais quel expédient allait être utilisé pour rendre ma vie quotidienne plus sombre et glissante. Un paysage connu et aimé se transforma en une forêt de conte fantastique : les prairies devinrent marécages, les arbres bienveillants ogres maléfiques, les fleurs se mutèrent en animaux carnassiers. Des ombres menaçantes s'étendaient sur les journées les plus banales ; avant, parfois, de se dissiper comme par enchantement. Mes collaborateurs ne savaient plus sur quel pied danser et devenaient prudents. C'était intéressant, mais impossible à vivre.

Je rendis les armes, acceptai ce « nouveau défi », comme disent les gens d'entreprise, parce que pour la première fois de ma vie j'étais vraiment fatiguée. C'était la meilleure solution : je m'engageais dans une nouvelle phase ardue d'effort et d'adaptation et évitais du coup les nuages psychologiques et leurs tempêtes inutiles.

J'avais tort. Six mois plus tard, le lézardeau avait de grands cernes sous les yeux et arrivait de plus en plus tard le matin, le directeur financier avalait des pilules contre les ulcères et dodelinait de la tête, je maigrissais à vue d'œil. Le seul qui allait vraiment bien, c'était notre patron ; plus aucune manifestation d'hypocondrie.

★

À la mort de mon père, un an et demi plus tard, je répétai avec autant de conviction triste les étapes qui avaient suivi le dernier soupir de ma mère. Il ne m'avait exprimé aucun désir de vive voix et, sans trop réfléchir, j'organisai les mêmes sobres cérémonies, incinération comprise.

Trois semaines plus tard, en ouvrant par hasard un livre illustré sur les grands champions de trot (au cours de ses derniers mois de vie, il avait remplacé le casino par une assiduité imprévue sur le champ de courses qui ne se trouvait pas trop loin de chez lui), je tombai sur un mot où il me demandait de lui éviter la présence de curés et rabbins, refusait l'incinération et choisissait un enterrement dans un cimetière au nord de Milan.

J'eus un moment d'affolement : on ne pouvait pas rembobiner, il avait eu droit à une messe catholique, à une incinération et à un columbarium. Comment aurais-je pu savoir.

Mais dans l'enveloppe il y avait un cadeau pour moi. Une petite photo, noir et blanc bien sûr, dentelée comme tous les clichés des années trente quarante. Rescapée de la destruction générale, elle devait avoir été préservée dans ses affaires personnelles.

Je suis sûre qu'elle a été prise à Agami, la plage en vogue à l'époque, cinquante kilomètres à l'ouest d'Alexandrie. Ils rient. Jeunesse au soleil. Elle est assise, ses belles jambes nues bien en vue, yeux noirs vers l'objectif. Il est à genoux de profil ; d'un chic fou : short blanc, pull grège rentré dans le short, manches lâches. Il pose son front contre sa joue à elle. On entrevoit la mer au loin.

C'est la seule photo qui me reste d'eux ensemble.

★

Je sais que l'on ne comprend jamais les amours des autres. Je sais que fixer une image avec intensité ne suffit pas à l'animer par magie. Hélas.

Je l'ai fait quand même.

J'aurais aimé savoir ce qu'ils se disaient avant ou après la photo ; il me faudrait si peu pour me mettre sur la voie : un bout de phrase, une intonation. Je voudrais surtout entendre sa voix à lui. Dans la description de ses propres sentiments, elle ne m'a jamais inspiré confiance, même à vingt-cinq ans elle devait être capable d'embobiner son monde. Rieuse, bien armée, d'une rouerie tranquille.

Ils n'avaient pas encore d'enfant le jour où ils ont été photographiés à Agami par un ami ou un parent. Avant la baignade, encore habillés, cheveux secs. C'est mon père qui m'intéresse surtout ; il ne pratique pas la mauvaise foi comme un sport quotidien, lui. Sa place dans mes souvenirs est réduite ; ma mère sans le faire exprès l'a poussé de côté, dans un coin envahi par des vapeurs qui rendent à jamais incertaines mes interprétations. Je suis une traductrice d'images à laquelle on a donné très peu d'indices. J'avance sur quelques certitudes. Il est content, il est fier, mais son sourire est celui d'un homme timide. Je crois qu'il a pour sa femme un amour intimidé.

Que savait-il d'elle à l'époque ? Et lui, que faisait-il pendant les cinq six mois où elle partait en Europe ? Même avant la naissance de sa petite fille (qui avait tellement besoin de respirer l'air des pays tempérés), elle s'envolait tous les printemps comme une hirondelle têtue. Avait-il des « flirts » pour combler l'absence, comme disaient mes tantes ? J'eus droit très longtemps après, alors qu'ils vivaient collés l'un à l'autre dans une solitude sinistre, à une allusion méprisante de ma mère au sujet « d'une horrible blonde aux ongles peints ». Mon père parut excédé de l'injustice du propos. Mais aucun des deux ne répondit à mes questions.

C'est à cette époque que remonte une anecdote que ma mère racontait en riant, l'enjolivant au fil des années. Elle avait officiellement pour but de m'instruire sur les meilleures façons pour une femme jeune et jolie de se débarrasser d'un soupirant. Cela demandait de l'imagination et de la fermeté. Tact et décision. Elle se trouvait donc au volant; à son côté un homme qui s'était mis en tête de la convaincre de quitter son mari pour l'épouser. «Il parlait, il parlait, je ne savais plus comment faire. J'approchais de chez nous, c'était embarrassant. Je voulais qu'il descende de ma voiture. J'étais toute sa vie, pourquoi pas, d'accord, mais j'avais déjà croisé la Buick de ma sœur Arlette et d'autres encore. Et il déclarait ne pas avoir l'intention de descendre avant que je ne me décide à lui répondre clairement, oui ou non. Mais j'avais déjà dit non et il ne m'avait pas crue... »

Elle eut une idée de génie, une grande charrette chargée de fruits et de légumes stationnait sur le côté; son propriétaire bavardait à l'abri sur le trottoir, à quelques mètres de là. Elle fit une embardée et fonça sans ralentir sur la charrette. «Quelle pagaille, ma chérie! Quelle pagaille! La rue était couverte d'oignons, de melons et de tomates! Tout le monde criait! Je ne te dis pas la circulation, les enfants et les mendiants qui se jetaient sur les fruits; le quartier entier sentait le melon!»

La fin de l'histoire était laconique : le soupirant « qui n'avait pas voulu l'écouter » s'éloigna sans rien dire et ne fit plus parler de lui. Elle avait demandé pardon au marchand ambulant en jurant qu'elle ne le referait plus. Mon père, qui rentrait lui aussi, était descendu de sa propre voiture pour le dédommager du massacre.

Le récit faisait partie de leur patrimoine commun ; ma mère le racontait en insistant sur la marmelade de fruits ; mon père rajoutait des détails techniques qui ne manquaient pas de saveur. Pauvre soupirant : qu'était-il allé faire dans ce guêpier ?

★

Quand j'annonçai à mon patron que j'envisageais de quitter son entreprise, il ne m'écouta pas. Il était rompu à des exercices compliqués qui consistaient à détruire les équilibres internes, les reconstruire différemment, les mettre à terre à nouveau quelques mois plus tard. Il savait s'étonner des disgrâces qu'il avait lui-même provoquées, promouvoir à surprise les hommes et les femmes qu'il avait auparavant démoralisés et affaiblis, tout en clamant qu'il n'était que de passage et que le pouvoir était entre nos mains. Tous ces manèges, qui lui donnaient beaucoup de joie intime, n'avaient pas érodé la prospérité du groupe. La capacité des salariés occidentaux à endurer des situations inutilement vexatoires est bien plus grande qu'on ne l'imagine. Et l'amour du travail bien fait envers et contre tous parfois stupéfiant.

Il avait l'habitude d'éloigner les gens mais pas celle d'être quitté contre sa décision. Cela ne lui plut pas du tout. Pendant plusieurs jours, je me débattis comme une fourmi engluée dans une goutte de miel (quand il promettait des merveilles) ou comme une fourmi noyée dans une flaque de vinaigre (quand il me prophétisait une succession de terribles malheurs ou de pitoyables ratages).

Un soir, la fourmi, un peu éclopée, referma la porte. Elle préférait rater sa vie ailleurs.

# APRÈS-MIDI

J'étais devenue celle que je n'aurais pas dû devenir.

Jamais triomphante, toujours prudemment dissimulée ; jamais fière et directe, toujours un ton en dessous et slalomeuse ; jamais tranchante, souvent humble, parfois même douloureusement soumise. Mon impatience jugulée, mon tempérament entravé, mes rêves anesthésiés.

L'Orient de ma jeunesse (ses valeurs fantaisistes, sa décomposition envoûtante) avait peu à peu été effacé, un coup de gomme après l'autre. Il n'y avait pas eu place pour la nostalgie après notre installation en Europe : mais désormais les souvenirs, eux-mêmes inertes, ne se manifestaient plus. Que serait-il arrivé si l'Histoire avait attendu un peu, deux ou trois décennies, avant de nous secouer comme un chien ses puces ? Que serais-je devenue, moi ? Je me serais mariée en capeline rose avec un camarade du lycée Saint-

Marc, aurais emmené mes enfants à la plage en voiture décapotable, serais partie à des fêtes avec pique-niques dans le désert ?

Je m'étais adaptée au changement comme une plante grimpante aux fantaisies de son jardinier ; mes parents avaient, eux, été mis de côté, jetés dans un coin du jardin comme les arbustes dont on n'attend plus grand-chose, juste qu'ils meurent sans faire de bruit. Je lisais dans les journaux les nouvelles d'Égypte ou du Liban ou de Syrie. On était encore bien loin du saccage qui allait défigurer les lieux et les hommes au début de ce nouveau siècle, mais, en dépit des articles savants et optimistes de tous mes confrères journalistes et grands reporters, j'osais dire sans être écoutée qu'on allait vers le pire (j'ai toujours constaté que la voix de quelqu'un qui connaît un peu le sujet est soupçonnable, ridicule parfois, et en impose en tout cas moins que celle d'un expert).

Quant à l'Occident de mes espoirs, celui auquel je m'étais adaptée avec une bonne volonté têtue et naïve, auquel j'avais confié mon destin, il ne suscitait plus aucune fièvre ; il s'était réduit à une succession de bureaux dans un univers urbanisé et monotone. Tous les efforts, acharnés et un peu dérisoires, n'avaient conduit qu'à cela, une assimilation grise obtenue par le sérieux et le renoncement. De ce côté de la Méditerranée aussi le monde allait se rétrécir ; la vigueur et l'élan de l'histoire passée laisseraient la place à un raisonnable repli, progressif sans doute, mais irréversible. La faille sur laquelle j'avais vécu révélait une fracture à peine camouflée. Le début d'un effondrement.

Je ne voulais plus servir, mais je n'avais pas été capable d'autre chose. J'en étais la seule responsable.

Plus toute jeune, sans mari et sans enfant, je quittai sur un coup de tête une situation professionnelle que j'avais cru choisir et aimer. Cette remise en jeu de mon existence, au moment où elle risquait de se figer dans ce que l'on appelle une réussite sociale, apparaissait comme une folie. Mais mon corps et mon esprit avaient demandé du répit. Les semaines qui suivirent ma démission, après une douloureuse rupture à soubresauts, ouvrirent une longue période de convalescence. De calme plat. Comme une grève.

Conrad raconte cet état et celui qui le précède avec une justesse clinique dans les premières pages de *La Ligne d'ombre*, son seul récit autobiographique : « Sans crier gare, je laissai tout tomber. Je le quittai de cette manière, apparemment inconséquente, avec laquelle un oiseau quitte une branche confortable. » (Le parallèle avec le narrateur m'apparaissait d'autant plus frappant que, parmi tant d'autres mots brutaux et inadaptés, je m'étais entendu dire plusieurs fois avec aplomb par mon ex-patron que jamais je n'oserais abandonner « un nid si confortable ».)

« Le temps court, il court, jusqu'au moment où l'on aperçoit devant soi une ligne d'ombre vous avertissant que les territoires de la prime jeunesse doivent être eux aussi abandonnés. C'est la période de la vie où surviennent les moments auxquels je faisais allusion. Les moments où les gens encore jeunes peuvent commettre des actes irréfléchis, comme se marier sans crier gare ou abandonner leur emploi sans la moindre raison. »

L'estomac noué par la nausée, compagne de l'agonie de ma jeunesse, je choisis l'immobilité et l'attente. Avant de franchir ma propre ligne d'ombre.

★

J'étais couchée sur un de ces énormes blocs de pierre blanche d'Istrie qui constituent, pour des kilomètres, les *murazzi* du Lido de Venise, quand un petit vent de bonheur se fit sentir ; comme si la vie reprenait.

Les *murazzi* sont une construction humaine parmi les plus sobres et les plus impressionnantes. Il s'agit d'un barrage, étendu sur trois cordons lagunaires, construit au dix-huitième siècle pour protéger Venise. Des pierres immenses devant l'Adriatique, alignées sagement devant le large, un travail d'Hercule réalisé en plusieurs décennies. Une plaque au bout de l'île de Pellestrina dit : *Ut sacra aestuaria urbis et libertatis sedes perpetuum conserventur colosseas moles ex solido marmore contra mare posuere curatores aquarum* (Les magistrats des eaux élevèrent ces digues colossales de marbre solide afin que les estuaires sacrés de la ville et de la liberté soient protégés de la mer).

La ville et la liberté : l'association des deux mots claquait comme un drapeau. J'étais arrivée à Venise quelques jours plus tôt, par le train du matin, avec la ferme intention de continuer ma grève personnelle et me reposer dans une pension du Lido. J'occupais depuis une semaine une chambre défraîchie, toute jaune, qui donnait sur l'esplanade devant l'embarcadère. Le matin je louais un vélo et partais vers les phares ou le long du sentier qui surplombait les *murazzi*, mangeais un sandwich au jambon et aubergine, dormais sur une pierre chaude de soleil, me baignais quand j'en avais envie (en mouillant bien les cheveux, c'est une recette simple pour reprendre goût à la vie), pédalais sans hâte, m'arrêtais selon mon inspiration. Parfois à Malamocco, dans un café en plein air, je buvais un Coca glacé en regardant passer les vieux bus. Les tilleuls crachaient leurs sucs collants. Les pétroliers entraient et sortaient de la lagune, vers

le port de Marghera ou vers l'estuaire d'Albe-
roni. D'autres cyclistes posaient leurs engins
contre les troncs d'arbre et réclamaient des poissons grillés et des frites.

J'avais repris ma lecture de *La Ligne d'ombre* :
« ... l'ensemble renforçait en moi cet obscur sentiment que la vie n'était qu'un désert de jours
perdus, ce qui m'avait poussé, presque incons-
ciemment, à quitter une bonne situation, aban-
donnant ainsi de bons camarades, pour fuir la
menace du néant... j'étais en proie à un grand
découragement. Un engourdissement moral...
ma colère avait disparu ; il n'y avait rien d'original, de nouveau, ni de révélateur à attendre de
ce monde : aucune occasion de découvrir un peu
de soi-même, aucune sagesse à acquérir, aucun
plaisir à goûter. Tout était stupide et surfait.
Voilà tout. »

Je ne sais si c'est fréquent chez les autres, mais
j'ai remarqué que mon corps a parfois une longueur d'avance ; ce que je ressens précède alors
ce que je percevrai plus tard par le raisonnement
ou l'observation. Le soir du jour où je me sentis
doucement renaître sur une pierre du barrage,
j'appris que l'on m'avait cherchée, deux coups
de fil. L'un m'invitait au nom d'un grand nom
d'entrepreneur milanais à un rendez-vous très
urgent ; la jeune fille de l'accueil à la pension en
était un peu remuée : on avait beaucoup insisté

pour que je rappelle tout de suite. «Ils disent qu'ils ont eu du mal à savoir où vous étiez», ajouta-t-elle. L'autre venait de Giacomo. «Ce monsieur m'a demandé de vous dire qu'il arrive demain; il a demandé à réserver une chambre à côté de la vôtre.» Je ne rappelai que le jour suivant; je voulais protéger la solitude de cette soirée et le sentiment encore fragile du renouveau.

Cette journée de septembre, dégagée mais un peu brumeuse jusqu'à dix heures, je ne l'oublierai pas. Je reçus par téléphone une offre de travail si inattendue, qui allait réorienter ma vie; j'obtins de repousser de trois jours le rendez-vous à Milan, qui devait officialiser ce nouveau départ. Et, vers midi, Giacomo arriva, sa veste jetée sur l'épaule, un sac à la main, un grand sourire charmant: «Je voulais comprendre ce qui nous arrive.» Je souriais aussi: «J'ai beaucoup de choses à te raconter.»

★

Des nuages diaprés, des collines naïves hérissées de petites maisons et de clochers saugrenus, des avions laissant leurs traces dans le ciel, des détails réalistes mais transfigurés par un trait original, un humour sournois: les paysages qui avaient rendu célèbre Giacomo constituaient la majeure partie de son œuvre de peintre dessinateur. À cela s'ajoutait un talent de portraitiste saisissant; il aimait croquer les artistes au travail – écrivains, musiciens, peintres – à l'encre de Chine sur des papiers choisis avec soin, épais, parfois légèrement teintés. L'effet, jamais tout à fait caricatural, était très fort; il m'avait offert un Proust jeune, paupières lourdes et tout bousculé, aussi drôle que poignant.

J'avais fait travailler Giacomo pendant mes années de journalisme; il avait illustré avec une fantaisie jamais lasse mes pages inégales consacrées aux voyages intelligents, aux séjours originaux, au farniente ressourçant... tous les clichés de notre époque touristique mais culturelle avaient été contournés et moqués avec grâce par ses dessins. Son talent enrichissait des papiers souvent médiocres, leur donnait ce chic souriant qui découle d'un regard imperméable à l'esprit de sérieux. «J'illustre mais je ricane», aurait pu être sa devise.

Il dessinait tout le temps; au café, dans le train, dans la rue; s'asseyait comme il pouvait, sortait de sa poche un attirail d'aquarelliste; quand on ne trouvait pas d'eau, un peu de salive faisait l'affaire.

Pas grand, plutôt râblé, un visage de plein air (je veux dire qu'il était beau quand il était en promenade, perdait son éclat dans les occasions sociales où il s'ennuyait). Il était venu me rejoindre pour me faire part de quelques idées simples et affirmées : il fallait se marier vite, cela me ferait le plus grand bien, l'avenir serait très amusant.

Je riais de bon cœur, mes réponses se chevauchaient : ça tombait mal, j'allais accepter un travail à l'étranger, à Paris, un vrai commandement de navire amiral, quelle idée le mariage, depuis quand le mariage fait du bien, oui j'allais mieux mais j'allais franchir un pas terrible, la ligne d'ombre, Conrad, c'était à la fois triste et inévitable, il fallait s'y faire, en choisissant la voie offerte le carrefour serait derrière moi, j'oublierais l'angoisse, on marchait vers le néant, il valait mieux s'y engager d'un pas élastique, oui j'allais mieux, quelle idée de m'épouser, j'étais une femme libre, pas sûr qu'il m'aimerait longtemps, je partais dans une ville presque inconnue, comment pouvions-nous faire, il était venu et c'était déjà un cadeau du ciel, oui j'allais mieux, je n'étais pas si amochée que cela, pas besoin de protection, j'étais débrouillarde tout le monde le disait, j'étais endurante, il ne fallait pas craindre pour moi.

En articulant de manière exagérément claire, comme on le fait avec les enfants endormis ou avec les débiles légers, il me dit qu'il fallait simplifier les choses ; le mariage était l'idéal pour cela, il me rendrait plus libre, justement. Je n'en avais pas marre de ces histoires soixante-huitardes ? Soixante-huit avait plutôt fragilisé les femmes, non ? En mettant à terre l'ordre ancien et raconté des fadaises sur l'avenir du couple, il avait fait des ravages : je n'avais qu'à regarder mes amies, psychanalysées et querelleuses. Si je devais partir pour travailler à Paris, il me suivrait, il pouvait dessiner n'importe où. « Et, dernière chose, n'oublie pas petite », il mima Humphrey Bogart : « Les forts ont plus que les autres besoin d'être protégés. »

Je ne trouvai rien à répondre à ses paradoxes. Je ne comprenais pas tout ; sa théorie sur les forts à protéger était aussi étrange et peu chrétienne que celle que m'avait chuchotée ma mère, peu avant sa mort : « Fais attention : les faibles auront notre peau. »

J'avais du mal à suivre, mais mon corps, lui, avait compris les grandes lignes du discours : sans m'attendre, sans attendre que je réfléchisse et mette en route mon bon sens légendaire, il avait abandonné toute méfiance et toute prudence, il manifestait son bonheur ; il avait aussi très faim, très soif, très sommeil.

★

Certains livres ont été si importants dans mon existence ; je veux dire qu'ils étaient là dans les moments où la vie s'accélérait et prenait un tournant. Ils y ont joué un rôle déterminant. J'ai même cru entendre des voix fraternelles se lever des pages de Stendhal ou Conrad ou Proust et j'ai pris des décisions en tenant compte de ce qu'elles disaient. Elles sont responsables de beaucoup de choses, elles m'ont aidée à choisir, souvent à partir. Il ne s'agit pas de culture littéraire, je ne saurais pas la transmettre à des proches ou à des étudiants. Ce n'est pas un savoir à enseigner. C'est autre chose : des liens presque familiaux. Disons que j'ai confiance dans les textes des auteurs que j'aime. Alors, quand je trouve quelque chose qui me correspond, j'approfondis pendant des années. Je creuse pour mieux comprendre, mieux en saisir le sens et la beauté. Je lis et je relis, souligne rarement.

Cette confiance se teinte d'étonnement et de gratitude quand, non seulement le texte s'adapte à ma situation, mais en plus il réussit à l'éclairer.

J'avais donc accepté ce poste inespéré par son importance, son éclat et sa rémunération, en partie bien sûr parce que je m'éloignerais de Milan et changerais de pays ; mais aussi parce que Conrad était là avec sa mélancolie et ses aventures lointaines ; ses textes me donnaient du courage.

Je n'avais plus peur de ne pas être digne, « à la hauteur » (dix ans auparavant j'aurais été torturée). Cette aubaine tombait sur moi un peu par hasard, mais j'avais décidé d'y aller avec désinvolture, sans fignoler, négocier, ou demander trop d'explications. Juste ce qu'il fallait pour ne pas avoir l'air indifférente. Une multinationale italienne qui après s'être développée en Espagne et en Allemagne était en train d'acheter deux entreprises en France (deux *assets*, il fallait vite que j'adapte mon langage) avait pensé à moi pour les diriger et faire partie du comité exécutif central. Une très grosse boîte où le pouvoir était filtré par une succession d'organismes de contrôle. Cela me changerait des cruautés feutrées d'un patron légitime.

Mon aisance relative était due à un fatalisme nouveau ; je ne souhaitais plus me fondre dans la société, ne rêvais plus de la marquer ou la transformer. Je souriais en pensant à Bonaparte ou Lawrence ; ils avaient rejoint Achille et Hector, trouvé leur place dans le panthéon de l'enfance. On pouvait se laisser vivre, se laisser porter, faire la planche en regardant les nuages. Et, en même temps, accepter une nouvelle aventure. La réussir ou la rater n'avait plus grande importance : l'aventure comptait pour elle-même.

La lecture de *La Ligne d'ombre* accompagnait de très près ces semaines de transformation. Cet écho me répétait, à peine déformée, la voix du narrateur : « Mon état d'esprit m'étonna. Pourquoi n'étais-je pas plus surpris ? Pourquoi ? Je me voyais investi en un clin d'œil d'un commandement, non point suivant le cours habituel des choses, mais comme par enchantement. J'aurais dû être frappé d'étonnement. Mais non. Je ressemblais à ces personnages de contes de fées. Jamais rien ne les surprend. Quand un carrosse de gala tout équipé sort d'une citrouille pour la conduire au bal, Cendrillon ne s'émerveille pas. Elle y monte tranquillement et part.» Je faisais miennes aussi les phrases qui accompagnaient le nouveau départ : «Un navire ! Mon navire ! Cette barque m'appartenait. Je n'avais jamais soupçonné son existence. J'ignorais son aspect ; j'avais à peine entendu son nom, et pourtant nous étions indissolublement unis, pour une certaine partie de notre avenir, destinés à sombrer ou à naviguer ensemble.»

Un vague souci de vérité m'oblige tout de même à dire que le parallèle entre le narrateur de *La Ligne d'ombre* et moi n'était pas parfaitement tracé. Conrad, ou son personnage, avait certes été nommé capitaine par un hasard enchanté, mais il y avait quand même des raisons à cet adoubement. Le bagage de connaissances techniques d'un marin de long cours ; l'expérience des ports d'Orient ; la longue fréquentation des hommes et des lieux.

J'étais journaliste ; j'avais mené sans dégâts pendant quatre ans la modernisation et la gestion d'une grande imprimerie ; c'était tout, ce n'était pas grand-chose en regard de ce qui m'était proposé.

Dans la corbeille il y avait des journaux féminins, plutôt bas de gamme, deux somptueuses revues de décoration, trois mensuels de voyages et géographie, une revue d'histoire plutôt bien faite, une régie publicitaire. Je suis sûre d'oublier quelque chose, et d'ailleurs le « périmètre » était destiné à changer et à suivre « l'évolution du marché ». La responsabilité de cet ensemble consistait dans l'engagement de ne pas perdre d'argent, de développer les pages de publicité et le chiffre d'affaires correspondant. Sans oublier les « synergies » qui imposaient d'utiliser autant que possible par souci d'économie les reportages et photos commandés en Allemagne et en Italie. Tout en les adaptant. Il fallait « respecter les identités ».

Mais il se passa quelque chose que je n'avais pas prévu : une vague d'affectivité m'emporta. J'étais responsable, donc j'allais prendre la chose au sérieux. C'était un grand bateau, c'était le mien. Il allait m'appartenir. Même avant d'arriver aux commandes, je compris que je l'aimais. J'étais concernée par l'existence des gens qui y travaillaient, à tous les étages. Ce que nous allions faire ensemble avait une importance relative, mais il était obligatoire de piloter le navire avec conscience et panache. Au cas improbable où deux incendies ravageurs se déclareraient en même temps chez moi et au bureau, je savais parfaitement où j'allais courir le cœur battant.

★

Les choses allèrent vite. Surnagent des épisodes et des atmosphères. Le mariage me faisait encore peur. D'ailleurs je pensais très sérieusement qu'il était impossible pour des raisons administratives.

— Je ne peux pas me marier. Je n'ai pas d'acte de naissance.

— Ça veut dire quoi ? Tout le monde a un acte de naissance.

— Il n'a pas été transféré. Il paraît qu'ils auraient dû le recevoir et l'enregistrer à Livourne, mais il n'y est pas.

Giacomo riait. Pas moi, les difficultés administratives me rendaient plaintive ; elles provoquaient des mouvements de panique et ravivaient mes incertitudes.

— Bon, tu es née. Je peux témoigner. Et puis on donnera le dossier à une agence. Il n'y a plus personne à Alexandrie pour débrouiller ça ?

— Plus personne.

— Je dirai à l'agence qu'ils fassent comme ils veulent et que je les paierai trois fois le tarif.

J'étais soulagée de ne plus devoir m'en occuper ; je fus incrédule en constatant que cinq jours plus tard un acte de naissance faisait son apparition.

Il y eut le jour des adieux dans mon ex-journal. Je les bâclai avec le sourire.

Il y eut le jour où j'essayai sans y arriver de passer la grille du cimetière.

Il y eut le jour où je fis des photos d'identité au photomaton du coin pour renouveler mes papiers : j'ai vraiment très mauvaise mine.

Il y eut le jour où je conduisis ma Mini Cooper blanche à la casse. Je ne savais pas qu'on arracherait ses plaques d'immatriculation. J'en eus les larmes aux yeux.

Il y eut le jour du mariage. Nous sommes très gais, je suis jolie sur les photos, robe avec marguerites blanches. J'aurai quarante ans une semaine plus tard.

Il y eut le jour où je m'achetai un magnifique trench rouge en peau de pêche, des bottes en cuir souple naturel et une veste gris bleu à chevrons. Pour partir avec des vêtements neufs.

Il y eut le jour du déménagement. Je fis le minimum. Moins que le minimum.

Il y eut le jour où je dis au revoir à la concierge et à son chien.

*

J'avais prévu beaucoup de choses à propos de notre nouvelle vie à Paris, mais je n'avais pas envisagé des problèmes avec ma langue maternelle, le français. Je le parlais et le lisais comme avant, bien sûr. Mais ce n'était plus ma langue d'usage. L'accent, ça allait toujours. À l'écrit, très bien aussi. Mais les expressions, les images, les raccourcis s'étaient multipliés. Mon français si correct, si corseté, paraissait sorti d'un réfrigérateur.

Plusieurs fois dans la journée une expression inconnue me percutait ; la plupart du temps le sens général suffisait pour continuer la conversation ; je mémorisais sans difficulté la nouvelle venue, la rangeais dans mon dictionnaire personnel et c'était réglé. Mais parfois le terrain se faisait instable, l'expression ne ressemblait pas à d'autres analogues dans des langues connues, le contexte n'aidait pas. Pire : si l'interlocuteur riait de son bon mot, les syllabes étaient avalées et incompréhensibles.

Je me souviens du « bouche-à-oreille » omniprésent dans mon métier de chef d'entreprise de médias et qui m'avait tant surprise ; du « pied » que tout le monde cherchait à « prendre » au début des années quatre-vingt ; des slogans de publicité détournés si drôle à condition d'avoir vu et revu les courts films à la télé ; des « hannetons » qui ne devaient surtout pas piquer. Certains de mes collaborateurs passaient leur temps (d'après leurs bienveillants camarades) à « noyer » des poissons, quand ils n'avançaient pas des propositions qui cassaient trois des deux pattes d'un pauvre canard ou pleurnichaient parce qu'ils avaient trouvé un « chou blanc » ou subitement rencontré un « bourdon ». J'enregistrais tous les jours des métaphores sportives insistantes et fanfaronnes ; des références à la micro-politique ou aux bons mots d'élus locaux. Des refrains de chansons s'immisçaient dans le quotidien ; des onomatopées sorties de bandes dessinées inconnues me désorientaient. La gymnastique quotidienne pour redonner du muscle à mon français (et me permettre de travailler avec autorité) était plutôt excitante mais avait l'inconvénient de prolonger le temps d'endormissement. Le soir mon cerveau gambadait, je m'agitais, dormais peu, les mots se cognaient l'un contre l'autre : c'était comique mais fatigant.

Je n'en ai pas eu le temps à l'époque, mais j'aurais dû par curiosité aller exposer mon cas à un neurologue pour comprendre ce qui m'arrivait. C'était la deuxième fois dans ma vie : mes efforts, toujours couronnés de succès, avaient pour contrepartie de m'appauvrir par ailleurs. C'est ainsi que mon anglais plutôt fluide et imagé se momifia, se cartonna, se réduisit à une langue squelettique ; cela n'affecta pas la lecture, mais amputa le vocabulaire parlé et me priva d'aisance dans une langue que j'aimais profondément.

Je rentrais tard dans notre appartement de la rue Monsieur-le-Prince. Je traversais une cour allongée et grimpais rapidement les escaliers de l'immeuble dont nous étions les seuls locataires. Giacomo nettoyait ses pinceaux le soir ; sur le palier on pouvait sentir une odeur de térébenthine ; j'aimais cette odeur presque autant que celle des étoiles de mer séchées de mon enfance.

★

C'est à Paris, quelques semaines après mon installation, que je pris conscience que j'étais « juive ».

Certes je savais que quelques mariages dans ma famille alexandrine avaient eu lieu à la synagogue et que quelques ancêtres étaient enterrés dans le cimetière juif. (La tante de ma grand-mère était enterrée près d'une grand-tante de Patrick Modiano ; une Esther et une Dora côte à côte faisaient probablement la conversation et, en bonnes mères juives, comparaient les mérites immenses de leurs propres enfants.) Mais d'autres membres de la famille avaient leur place dans le cimetière catholique ou celui des libres-penseurs ; il y avait une branche qui venait d'Inde. Mes parents ne m'avaient jamais parlé de religion, j'avais été baptisée vers mes neuf ans et toujours scolarisée dans des établissements catholiques.

En Italie, les années s'étaient succédé : personne, vraiment personne n'avait pensé à me rappeler que j'étais sans doute d'origine juive. Une indifférence très bon enfant entourait tout ce qui concernait mon lieu de naissance, ma famille, mes ancêtres. La notion même de communauté n'était jamais évoquée. Bref, tout le monde s'en foutait.

À Paris, cela prit une certaine importance ; au fur et à mesure de mes rencontres et de mes amitiés nouvelles, je remarquai un véritable intérêt concernant « mon histoire ». La France était-elle plus sensible que l'Italie aux charmes de l'exotisme ? C'était explicable, la France a été un empire colonial et un pays d'accueil ; l'Italie, jusqu'à très récemment, est au contraire une terre que des générations entières ont quittée pour faire leur vie ailleurs, même très loin : de l'Amérique à l'Australie.

Quand les questions amicales se firent plus pressantes, quand les sous-entendus se multiplièrent, quand enfin des amis tout récents prirent la peine de m'appeler pour partager leur joie à l'occasion de fêtes juives dont j'ignorais le nom et la récurrence, je commençai à trouver ces attentions obsédantes.

Un soir un intellectuel reconnu me lança en pleine réunion mondaine :

— Ah, vous, Juifs d'Alexandrie, vous êtes le sel de la Terre.

Et voilà : quelqu'un que je connaissais depuis huit jours savait mieux que moi qui j'étais. Je souriais. Impossible de se récrier dans ces circonstances, inutile d'expliquer sans s'embourber. Je culpabilisais aussi un peu, j'aurais dû me pencher sur ces origines avec plus de sérieux.

Mais il y eut aussi plus déstabilisant. Je ne sus pas répliquer quand mon assistante, si bien élevée, m'accueillit avec un air consterné le jour où un cimetière juif avait été dégradé dans le midi de la France :

— Ah, madame, j'ai pensé à vous, quelle histoire horrible…

Je mis quelques minutes à comprendre qu'elle me présentait ses condoléances.

À une nouvelle amie, pétillante et séduisante, juive revendiquée, je confessai mon embarras. Comment faire ? Que dire dans ces circonstances alors que mon passé était si flou et que je ne pouvais pas aller regarder loin en arrière ? Et de quoi parlait-on ? De pratiques religieuses, de communauté ou de race ? Je ne savais pas si j'étais vraiment juive ; j'avais pris l'habitude d'acquiescer par politesse, mais je me demandais à chaque fois si j'avais raison.

— Ah, ça, c'est très juif ! s'exclama-t-elle.

Décidément il était impossible de s'en sortir.

Giacomo ronchonnait, du genre « de quoi se mêlent-ils ». Un soir je trouvai posé sur mon côté du lit un petit portrait de moi à l'encre de Chine, contemplant avec une perplexité comique un énorme chandelier à sept branches.

Il essayait lui aussi de comprendre la société dans laquelle on avait atterri. Au début, les soirées d'amis l'enchantaient, il en sortait toujours avec des anecdotes qu'il enjolivait en riant. Il avait repéré des sujets de conversation qui rebondissaient d'un dîner à l'autre, de façon transversale, même dans des milieux légèrement différents : les remises de décorations (méritées ou pas), la vie en province (souhaitable ou pas), la vie à Paris (infiniment plus intéressante ou pas), les maisons de campagne en indivision familiale (conflictuelle ou pas).

★

Ce que je réussissais dans la vie n'avait pour Giacomo pas grande importance. Il regardait les articles qui m'étaient de temps en temps consacrés dans *Challenges*, *Les Échos*, le *Corriere della Sera* ou le *Frankfurter* avec indulgence. Il commentait les photos « là, tu as l'air d'une emmerdeuse », « ici, c'est bien, tu as l'air en vacances », « j'aime plutôt quand tu es de profil, ça fait studieuse et gentille ». Les histoires de « top management », de banques, de plan à trois ans, de restructuration, de révision de budget, de risques et opportunités, de taux de marge, d'ajustements prévisionnels, de pactes d'actionnaires le faisaient bâiller. Il était bien injuste, d'autant plus que j'évitais de lui en parler et de lui raconter mes journées professionnelles. Mais je ne pouvais pas le préserver de tout ; le téléphone portable n'ayant pas encore fait son apparition, j'étais, hélas, obligée de parler à mes collaborateurs, actionnaires ou grands clients du poste fixe en cas d'urgence : il lui arrivait ainsi d'assister à des conversations téléphoniques qu'il mimait avec tant d'emphase que j'étais obligée de lui tourner le dos pour ne pas perdre mon sérieux.

Ce qu'il aimait chez moi, ce qui l'intéressait, appartenait à un autre domaine. Tout ce qui était bancal, un peu raté, pas conforme et révélait mes extravagances involontaires, mes failles et faiblesses : voilà ce qui lui plaisait vraiment. Et l'attendrissait. Mes oublis, mes distractions, mes lapsus l'enchantaient. Mes erreurs d'appréciation aussi. Il avait par exemple beaucoup approuvé le choix de l'appartement. Quand, un peu inquiète, je le lui fis visiter la première fois, il s'extasia bruyamment avec des arguments qui me plongèrent dans une inquiétude encore plus grande.

J'avais fait les choses très vite ; une agence spécialisée dans les appartements de fonction, située elle-même dans des bureaux somptueux de la rive droite, m'avait proposé une douzaine d'appartements impeccables dans le seizième, le huitième et même dans le premier (une enfilade de pièces sous les combles donnant directement sur le jardin des Tuileries m'avait un moment attirée). J'avais demandé à voir quelque chose rive gauche ; ils firent la moue. Me dirent que les appartements disponibles avec vue sur la Seine étaient peu nombreux et dépassaient le budget, qu'ils n'avaient en stock qu'un petit appartement rue Monsieur-le-Prince mais pas dans la «fourchette de prix» adaptée pour un directeur général.

Le nom de la rue me mit en gaieté, la proximité avec le jardin du Luxembourg aussi, j'aimais l'idée que le loyer fût loin d'atteindre le plafond fixé. Je signai le contrat le soir même sous le regard consterné du directeur de l'agence.

Cet appartement était vraiment bizarre ; l'immeuble très abîmé était situé au fond d'une cour qui aurait pu être charmante si elle n'avait été envahie tous les soirs par les poubelles d'un restaurant qui en occupait une bonne partie. Des odeurs montaient aux heures des repas, sauf quand se mettait en action un aspirateur dont les vibrations faisaient trembler les fenêtres. Une porte vitrée aux carreaux fragiles permettait d'accéder à un escalier étroit qui conduisait au troisième étage ; l'arrière de l'appartement, dont le plan fantaisiste résultait d'adaptations successives peu inspirées, donnait sur une petite terrasse en pente. C'était un vieil immeuble, tout près de celui où Blaise Pascal, en cachette de son père, à l'âge de dix onze ans, avait redécouvert la géométrie euclidienne.

Personne à l'agence ne m'avait dit que nous en étions les seuls occupants : est-ce que tous les autres s'étaient enfuis ? Craignaient-ils un écroulement ? Une visite dans les caves sans lumière, dont les couloirs étaient encombrés de pelotes de vieux fils électriques et de cageots défoncés, me fit peur. Je crus entendre des bruits. Un matin, en sortant pour aller au bureau, je vis un très gros rat placide, installé sur une des marches qui montaient vers les combles ; il me regardait avec gentillesse en touchant son museau frémissant d'une minuscule patte rose ; pas du tout affolé, lui.

Giacomo trouva que je faisais des histoires pour rien, il ne fallait rien changer, son atelier avait la bonne lumière, l'appartement était parfait, les garçons du restaurant charmants (ils lui montaient des petits plats de leur choix à midi), les rats pas du tout contrariants.

Il m'expliqua comment faire, avec démonstration à l'appui : «Avant de sortir, tu tapes du pied une ou deux fois, voilà, comme ceci ; ils sont intelligents et comprennent très vite ; ils t'éviteront. »

Je pris l'habitude de taper du pied en ouvrant la porte le matin avant de filer, de très bonne humeur, vers mon bureau avec vue sur la Seine.

★

Ce furent des années heureuses. On comprend cela quand on regarde derrière soi. La fatigue des journées n'avait pas d'influence sur mon bien-être profond. Parfois j'étais si épuisée par mon travail que j'en venais à apprécier les embouteillages, surtout les embouteillages monstres sur l'autoroute de l'aéroport, pour rentrer à Paris en fin de journée : j'enlevais mes chaussures et dormais un peu à l'arrière de la voiture qui m'avait attendue à Roissy. J'avais alors l'impression d'être inatteignable. J'ai beaucoup aimé aussi les grandes grèves de 1995 ; tout s'était arrêté pendant un mois (et il n'y avait pas encore de portables ni d'Internet) ; ces semaines où la France était paralysée, je quittais les bureaux désertés pour retrouver Giacomo dans un bistrot : à la clientèle habituelle se joignaient des gens fatigués par les longues marches, bavards parfois, dépaysés souvent : c'était la fête.

Je vivais deux vies cloisonnées qui m'équilibraient (mais n'avais-je pas toujours été dans cette situation ?). Je travaillais le jour dans des bureaux aseptisés avec l'ardeur d'une guerrière du capitalisme ; je rentrais le soir dans l'appartement option rats de la rue Monsieur-le-Prince avec l'âme et le pas d'une collégienne.

Le travail de Giacomo avait franchi l'Atlantique ; il avait désormais un galeriste new-yorkais et il alternait une année sur deux les expositions milanaises et américaines ; il donnait de temps en temps des dessins au *New Yorker*. Je me souviens d'un court voyage à l'occasion d'un vernissage à Washington ; je me souviens de la chemise blanche en piqué, très stricte, que je portais en descendant Pennsylvania Avenue pour m'y rendre ; je me souviens que le soir tombait et que je pensai, ce soir-là, que la vie méritait d'être vécue.

Giacomo avait allégé mon existence. Je n'étais plus née pour être responsable de mes parents, de mes collaborateurs. C'était lui qui se posait en responsable de moi et cela lui plaisait. Grâce à lui, j'avais finalement rencontré ma jeunesse.

Peu à peu, j'abandonnais les contorsions pour plaire sans trop plaire, pour m'exprimer sans trop dire. Les êtres que j'avais connus faisaient souvent encore partie d'une histoire floue, sur laquelle j'avais peu de prise. Mais lui, il était réel. Il était content de se réveiller à mon côté, content de marcher avec moi, jamais inquiet quand j'étais en retard, très content de me porter dans l'escalier quand je me cassai le pied, libre de rire ou de s'ennuyer ferme à mes propos. Il ne s'embarrassait pas de psychologie, ne disséquait pas mes gestes ou mes paroles. Son corps parlait au mien avec simplicité. Il n'y avait pas de séparation non plus entre sa vie de peintre et sa vie tout court; il observait les choses, s'attachait aux détails, parfois de manière obsessionnelle; les visages et les objets qui l'attiraient se retrouvaient dans ses dessins. Du coup je les voyais aussi, ou j'en voyais d'autres encore plus frappants. Tout prenait du relief.

Je pensais que, comme cela arrive aux bons écrivains, la gymnastique et la tension requises par une concentration extrême aux détails lui permettaient par moments des intuitions sur le monde. J'étais admirative parce que ces flashs ne s'appuyaient pas sur sa propre culture, ne rebondissaient pas sur les idées ambiantes. Ils venaient de plus profond: d'un regard solitaire et original. Il m'en faisait part avec nonchalance, sans leur donner trop d'importance. À partir de là, l'ourlet d'une robe, l'odeur du métro, un enfant chapardeur, un reflet étrange dans une vitrine étaient comme des éclats d'aventures.

Grands marcheurs, le samedi ou le dimanche nous traversions la ville. Pour descendre de Montmartre à la Seine on peut emprunter plusieurs itinéraires et varier les plaisirs; j'avais une préférence pour les marches du dimanche matin quand Paris dort et qu'on entend s'approcher les quelques voitures en circulation, comme dans les vieux films. La cuisine orientale et la maghrébine n'étaient pas ses préférées, mais une fois sur deux, pour me faire plaisir, nous déjeunions d'un couscous ou de boulettes libanaises.

Le marché aux puces de Clignancourt nous aimantait. Les heures filaient légères sans que l'on s'en aperçût. Il remarquait, parfois esquissait sur un calepin des détails de meubles, notait une couleur ; fouillait dans les cartons à la recherche de dessins d'architecture. Il soulevait d'épais rideaux poussiéreux en quête de trésors dont il ignorait la nature à l'avance ; retournait les toiles pour voir si l'étiquette de l'encadreur était lisible ; s'arrêtait songeur devant les piles de vieux journaux ou d'énormes vertèbres de baleine.

C'est là que je commençai un jour, sans l'avoir décidé, à trier, choisir et acheter des cartes postales anciennes. Les brocanteurs les classent dans des boîtes en bois, mettent des séparateurs pour que l'on s'y retrouve : Paris, province, Europe, Italie, Algérie, Tunisie, Vietnam, Chine, Cambodge… il y avait presque toujours un paquet Égypte ou un paquet Syrie ou Moyen-Orient. J'achetais selon mon inspiration. Assez vite, je m'aperçus que ce qui m'attirait le plus n'était pas l'image reproduite sur la carte, la plupart du temps abîmée ou mal colorisée. Je n'avais aucun intérêt pour les timbres non plus. Les noms, les adresses, les quelques phrases tracées, les écritures différentes : voilà ce qui m'absorbait pendant des heures. Dans les années quatre-vingt-dix (un peu moins par la suite), il y en avait une telle profusion dans les marchés d'antiquités, tellement plus que dans les autres pays européens voisins, que j'en avais déduit des raisons multiples propres à la France : les voyages des fonctionnaires détachés dans les colonies, les interminables guerres et leurs camps de prisonniers, le tourisme partageur des grands bourgeois, l'influence encore forte d'une civilisation de la conversation, des habitudes familiales très ancrées.

Combien de « Mademoiselles », restées à Paris ou dans leur province, étaient destinataires de ces missives… leurs noms (Amélie, Yvette, Augustine, Léone, Élise…) étaient parfois précédés de leur titre professionnel, en entier, bien respectueux. Combien de soldats, marins, employés de ports, parmi les signataires. En quelques phrases, ces cartes racontaient un amour naissant, le manque, la joie, l'ennui, la maladie, la peur.

Je sortais de ces explorations étourdie et accablée par toutes ces trajectoires, par l'entrelacement de sentiments, les rêves d'avenir, les récits de voyages, ces choses si urgentes et importantes à décrire, ces projets de vie dont ne restaient désormais que quelques mots.

Retrouvés par hasard. Dans une boîte en bois. Sur un trottoir.

Vers la fin de nos années heureuses de la rue Monsieur-le-Prince, très exactement au printemps 1997, Giacomo décida qu'il devait m'accompagner à Alexandrie, que je devais revoir ma ville natale. Il était subitement curieux, il savait que j'hésitais à faire le voyage.

Les lignes régulières par bateau en partance de Marseille n'existant plus depuis quarante ans, nous prîmes l'avion. À l'arrivée au Caire, les douaniers nous firent remplir des formulaires, regardèrent à peine mon passeport (l'idée qu'ils auraient pointé du doigt avec suspicion mon lieu de naissance était absurde mais je la craignais) ; tout me sembla étrangement routinier. Le soir même nous étions arrivés à destination par la route du désert et nous nous étions installés dans un appartement près de ce qui s'appelait il y a longtemps la place des Consuls, devenue dans mon enfance place Mohammed-Ali, désormais place el-Tahrir.

J'étais prudente, à l'affût, je surveillais mon cœur. Il bondit à l'aube en entendant le ferraillement particulier des vieux tramways quand ils amorcent un tournant.

Je mis du temps à me préparer pour sortir, ce premier jour. Puis décidai de faire un tour pendant que Giacomo s'installait avec le plus grand naturel dans un café bruyant, demandait de l'eau pour mélanger ses couleurs, mangeait des gâteaux, après avoir tenté de m'expliquer les implantations commerciales concurrentes du Coca et du Pepsi dans les ports de la Méditerranée.

Je m'étais faufilée parmi la foule d'un marché proche, attirée par les odeurs, songeuse devant les vitrines des épiceries et leurs piles instables de boîtes colorées. Je bus un jus de canne à sucre en écoutant hurler les haut-parleurs de la mosquée qui appelaient à la prière ; je continuai ma promenade en sautillant pour éviter les rigoles d'eau sale et rose autour des étals de bouchers ; plus tard quand j'arrivai à la corniche et vis le soleil derrière le fort de Qaïtbay, je me dis que ça commençait à aller mieux : à part le spasme déclenché par le tramway au réveil, mon cœur était resté tout à fait tranquille, je ne ressentais ni excitation ni tristesse.

Le lendemain nous partîmes rechercher la maison de mon enfance ; 275, avenue Fouad, devant le *Sporting Club*. Je pensais que le numéro aurait changé (puisque le nom de l'avenue avait changé), mais que j'aurais reconnu la maison au premier coup d'œil. Ce fut le contraire, le numéro était le même et la maison méconnaissable. Les terrasses avaient disparu, l'immeuble avait grandi de trois étages. Je ne fus sûre de ne pas me tromper que quand, après avoir franchi la porte semi-arrachée, je reconnus les boîtes à lettres. En bois, numérotées à l'occidentale, avec des casiers protégés par des vitres en demi-lune. Elles dataient des années trente, elles avaient survécu.

L'école des religieuses de Notre-Dame de Sion n'avait, elle, pas changé; toujours aussi imposante avec ses grandes fenêtres en ogive. Mais elle paraissait toute nue, toute seule au milieu d'une forêt d'immeubles démesurés et menaçants; une foule de balcons encombrés la regardaient de haut. Le grand jardin qui la protégeait avait été mangé par les constructions; à l'arrière, là où les jeunes filles d'antan jouaient au tennis en jupette blanche, il y avait un hangar en construction. Une sœur copte qui parlait français avec difficulté me prit la main pour me montrer le couloir du premier étage, là où donnaient les classes des petites. Le carrelage luisait toujours de propreté. On entendait des voix enfantines chanter en arabe.

Le troisième jour nous prîmes une voiture pour aller à Aboukir qui me sembla étonnamment proche d'Alexandrie; j'espérais être un bon guide, mais je ne trouvai aucun repère connu. Le pourtour de la baie avait été bétonné, le vent soulevait des papiers sales et du plastique déchiqueté, la plage était une désolation, la mer semblait huileuse. Nous déjeunâmes dans un grand restaurant tout blanc et vide. On pouvait choisir son poisson ; ce fut alors qu'un mot surgit dans ma bouche, venant des profondeurs, s'imposant de manière impérieuse : *barbouni* – rouget. Pourquoi juste ce mot-là ? Pas des plus utiles mais charmant, il était remonté tout seul, orphelin, à la surface. Je n'étais donc pas tout à fait une étrangère.

Le soleil entrait par de larges baies vitrées. J'ai toujours faim en voyage et quand arrivèrent pour moi les *barbounis* grillés, je les trouvai délicieux et redemandai du riz. Giacomo était vaguement inquiet devant son assiette de calamars, il me demanda si j'étais triste ou déçue. Non, ça allait. Ça allait même plutôt bien, j'étais contente de revoir ces lieux et de ne sentir en moi aucune amertume.

Au retour, je donnai un coup d'œil à l'Hôpital grec qui me sembla en bonne forme et on s'arrêta à la hauteur de l'ancien cimetière juif. Il était fermé mais deux petites filles jolies et rieuses sortirent d'une guérite et proposèrent de nous ouvrir. L'atmosphère était belle et grave, surtout à cause des chiens qui habitaient là ; le lieu était idéal pour échapper au trafic meurtrier, aux lancers de pierres, aux coups de pied. Sur la plupart des tombes il y avait un chien jaune assis ou couché. Ils nous regardèrent sans peur, l'un d'eux léchait avec application une plaie béante sur sa cuisse. D'autres faisaient semblant de dormir, un seul remua la queue sans conviction. Je retrouvai des noms familiers, De Botton, Servadio, Menasce, Pinto, Gabbai... Je demandai à Giacomo de dessiner un chien sur une tombe. Il préféra prendre des photos.

Le soir, assise à côté de lui sur le muret de la Corniche, au milieu de toutes les lumières et de l'agitation d'un vendredi soir, un peu ivre d'impressions contradictoires, je dis que j'aurais bien aimé quitter la ville pour aller faire un tour ailleurs, voir un endroit que je ne connaissais pas. Je n'avais pas envie de jouer avec les souvenirs, de les susciter ou de les caresser.

Tant de gens reviennent sur les lieux de leur enfance ou de leur jeunesse ; la bijouterie de leur père est devenue entre-temps un magasin de faïences, le jardin de leur grand-mère un dépotoir, la cour de l'école un garage ; leur cœur souffre, ils se disent que rien ne sera plus comme avant, mais ils le savent d'avance, ils guettent le déchirement... Je n'avais pas envie de jouer à ce jeu-là. Je ne voulais d'ailleurs ni voir la maison de Cavafis, ni aller à l'*Atelier* où ma mère avait eu son propre atelier de sculpteur, ni rechercher les bureaux de mon père du côté de l'ancienne Bourse, ni faire de pèlerinage au restaurant Élite et surtout pas à la plage d'Agami.

C'était ainsi. J'avais quitté la ville, des décennies s'étaient écoulées depuis. J'avais passé ici mes années d'adolescence en rêvant de la France, ma vraie patrie imaginaire, mais sur le pont du bateau qui m'emmenait pour toujours je pleurais Alexandrie. Je l'avais quittée, pas oubliée ; peut-être même qu'une partie de moi ne s'était pas embarquée à bord de l'*Esperia* l'été 1956. Elle était restée ici ; l'amputation ne m'avait pas fait trop mal et la cicatrisation avait été exemplaire. Mais j'étais désormais incapable de tenter une greffe avec le fantôme de ma jeunesse.

Giacomo écoutait, patient.

Le lendemain, une voiture nous conduisit vers Le Caire et ensuite au Fayoum. C'était déjà un lieu déconseillé aux touristes ; il fallait s'arrêter à un checkpoint et montrer ses papiers avant de continuer la route. Notre chauffeur descendit et se lança dans une grande explication en désignant plusieurs fois Giacomo et en montrant ses cartons de dessins et son attirail de peintre dans le coffre. Quand il revint, nous comprîmes qu'il avait gagné. « Mais ils vont nous faire suivre par une voiture avec des policiers. » Je lui demandai si c'était pour nous surveiller, il répondit avec une certaine fierté que c'était au contraire pour nous protéger.

Les quatre bougres tassés dans une voiture noire rafistolée avaient l'air contents d'avoir finalement un peu de distraction. Ils nous suivirent partout en restant à quelques mètres de distance, donnant une certaine solennité à nos activités touristiques. Leurs ordres devaient être très stricts parce qu'ils ne descendaient jamais tous ensemble de la voiture, attendaient au soleil, transpiraient héroïquement sans boire et sans manger. De temps en temps, nous leur apportions des bouteilles d'eau ; et le soir je demandai au personnel du vieil hôtel du lac de leur préparer des sandwichs et du thé chaud.

Les trois jours passés au Fayoum sont un souvenir si fort que pendant un certain temps j'ai évité d'en parler. Les vergers, les petits champs bordés de palmiers, les paniers de concombres sur des carrioles, le trafic infernal de camions agonisants, les énormes bottes de persil et d'herbes, les potiers qui malaxaient la glaise le long des canaux, les motos couvertes de boue qui slalomaient entre les chèvres et les enfants. C'était à la fois la Bible et l'Égypte de mon enfance.

Toujours suivis par nos anges gardiens, le dernier soir nous allâmes vers les ruines, à la lisière du désert. Il y a là un petit temple carré, isolé, sans aucun intérêt ; à moins que les Égyptiens n'aient raison (ils l'appellent *qasr* – château) et que ce soit une très ancienne construction défensive abrasée par le vent. Ce soir-là, de la terrasse de *Qasr Qaroun*, nous regardions vers l'ouest et retenions notre souffle devant une colonne de sable orangée qui s'approchait, ondoyait, s'éloignait. Subitement elle accéléra en sifflant et s'évanouit d'un coup. Le vent retomba.

J'avais presque crié d'enthousiasme : « Regarde, maman ! » en m'adressant à Giacomo. Il m'enlaça, me souleva et m'embrassa : « Double lapsus ! Une femme normale aurait dit : "Regarde, papa !" »

Les policiers riaient dans leur voiture noire.

★

Cette histoire de papa maman donna lieu à de très nombreuses variations. Elle fut à l'origine de sketches intimes, blagueurs et farfelus. Elle provoqua aussi, tout naturellement, des évocations de récits familiaux, nous reparlâmes des amours de nos parents. Nous avions un peu la même histoire, Giacomo et moi ; la découvrir après notre mariage nous avait beaucoup amusés. Il me raconta à nouveau combien il avait été à la fois heureux et malheureux de savoir qu'il n'était pas le fils de son père. Heureux parce qu'il connaissait et aimait le vrai père, malheureux parce que cette révélation tardive lui faisait de la peine par rapport à son père officiel.

Je lui redis que moi aussi cela avait été très tardif : après la mort de ma mère et juste avant celle de mon père. Les analyses de sang, si fréquentes les derniers mois de leur vie, ne laissaient aucun doute. J'allais personnellement les retirer et je les classais avec les miennes ; à part les médecins de l'un et de l'autre, je n'en avais parlé à personne.

— Contrairement à toi, moi je ne saurai jamais. Ma mère ne m'a rien dit. Elle n'a laissé aucune trace.

— Tu te rends compte ? À nous deux, quatre pères ! Dont un fantôme. C'est un record !

— Heureusement, je n'y accorde pas toute cette importance.

— Peut-être que tu es suisse ? (Je lui avais raconté l'histoire de Werner.)

— Je ne pense pas : les dates ne coïncident pas.

— Argentine ? J'ai connu des Argentines un peu comme toi, d'origine méditerranéenne mais pas vraiment.

— Je ne vois pas de raison.

— Alors, anglaise : je le sens bien, ça. Une Anglaise toute en self-control ! Bien verrouillée, là ! (Il mit la main sur mon estomac.)

J'eus en cadeau quelques jours plus tard un hilarant portrait de moi sur une île déserte avec palmiers, brandissant une pancarte : MAMAN ???

★

Aujourd'hui encore je me demande pourquoi mon travail de patronne d'entreprise était apprécié et se développait avec harmonie. Moi qui avais au fil du temps perdu tant de langues parlées, je partageais sans difficulté celle de mes actionnaires et de mes collaborateurs. J'avais une préférence pour les DRH parce qu'ils s'étaient mis à la fin du vingtième siècle à faire de « l'organisation du travail » ; ils professaient d'œuvrer pour le « bien-être des salariés », et c'était parfois vrai. Leur façon de s'exprimer était en général concrète ; j'ai rencontré parmi eux quelques collabos (c'est le risque du métier), mais très peu de sadiques.

Quant aux directeurs financiers, leur langage avait dérivé depuis quelques années vers un jargon bourré de métaphores ; ils se qualifiaient eux-mêmes de « créatifs », se prenaient pour des commentateurs sportifs. On pouvait les entendre à longueur de journée (avec une acmé au moment de la « construction des budgets ») disserter de mise sous tension, de panachage des apports, d'impacts positifs, de tassement imprévu, de challenges nécessaires, d'horizons encombrés, de nouvelles briques, de claquages douloureux ou de pistes noires. Par quelle bifurcation saugrenue avais-je trouvé ma place dans cet univers ?

Les CFO, les DAF, qu'on les appelle comme on veut, appartiennent à une catégorie transversale pour de vrai ; on les retrouve interchangeables dans les multinationales de Milan, Francfort, Londres ou Paris ; on pouvait d'ailleurs les déplacer à la guise des exigences de la boîte : ils se remettaient à l'ouvrage sans temps morts devant leurs «grilles», à peine gênés par l'expatriation, le changement de voiture et d'appartement, la nouvelle école des enfants.

J'avais toujours eu une impression d'illégitimité, disons d'incohérence profonde entre mon métier et moi. Mais, au fil du temps, j'avais acquis une certaine pratique et appris à exercer mon bon sens ; le malaise s'était apaisé et je n'avais jamais vu mon autorité mise en cause. En revanche, l'impression d'échec personnel était toujours là, très ancrée malgré un succès de façade.

J'avais mis la main par hasard, des années plus tard, sur le dossier que le cabinet de chasseurs de têtes avait fourni à mes actionnaires et qui avait déterminé mon embauche. Écrit dans un style qui mériterait d'être réutilisé par un grand écrivain comique, il disait que je n'avais en effet pas de grande compétence financière, aucune préparation universitaire spécifique, mais s'appuyait sur ces manques pour vanter mes immenses capacités de bien m'entourer, mon absence de susceptibilité, mon goût de l'effort, etc. Le «profil», superpositif, était une telle caricature de l'époque que la lecture en devint source de désarroi. Je correspondais parfaitement à tous les clichés de la fin du vingtième siècle. J'y retrouvai plusieurs fois le mot métissage, on insistait sur mes capacités à booster les équipes, ma souplesse, mon adaptabilité à des environnements difficiles, mes dons d'animatrice de projets et ma vision bienveillante des collaborateurs qui aurait favorisé de prometteuses interactions participatives.

La seule chose intéressante se trouvait dans l'analyse graphologique (elles étaient à la mode et on les pratiquait la plupart du temps sans informer les « candidats », dont on ne révélait ni le nom ni le sexe). À l'abri d'une enveloppe barrée *confidentiel*, le rapport concluait son portrait en disant très précisément : « Le candidat présente une faiblesse de caractère. Il est périodiquement terrassé par des accès de fatigue profonde et existentielle. Heureusement, il les dissimule et les surmonte rapidement grâce à une force de volonté peu banale. »

★

Un accès de fatigue profonde marqua les derniers mois du siècle. Et malheureusement la force de volonté n'y pouvait pas grand-chose.

La Ville de Paris s'était finalement aperçue de l'état de notre immeuble délabré, en plein sixième arrondissement. Elle avait mis en demeure plusieurs fois notre farfelu propriétaire qui avait l'habitude quand on l'embêtait de tourner et de tordre sa casquette dans tous les sens, de rire niaisement en levant les yeux au ciel, de se mordre les lèvres avant de marmonner des mots incompréhensibles d'où surnageait quelque chose qui ressemblait à « exagéré » ou « exagèrent ». Le bruit courait chez les gérants des restaurants japonais du coin qu'il n'avait d'ailleurs jamais payé ses impôts fonciers et que, de renvoi en amende, les sommes étaient devenues si considérables qu'il n'aurait jamais pu les honorer. Bref nous étions obligés de nous reloger rapidement.

Presque vingt ans à Paris étaient passés comme un soupir ; j'avais eu l'impression que nous avions conquis une vraie stabilité. Giacomo était de plus en plus reconnu ; les dessins et les aquarelles avaient pris le dessus sur les tableaux de grande dimension. Les expositions, sagement espacées, étaient toujours des événements à Milan ou aux États-Unis ; il n'en avait jamais organisé à Paris qui était pourtant son lieu de travail principal.

Mais vivre à Paris commençait à lui peser. Pressé de me dire pourquoi, il lâchait des phrases un peu illogiques :

— Je ne supporte plus ces piétons. C'est tout le temps « pardon, pardon » sur un ton stressé. Et puis encore « pardon, pardon » avant de te pousser, t'envoyer leur coude dans les côtes et te marcher sur les pieds.

— ... Et nos bistrots ? Tu as vu comme on mange mal maintenant ? Ils mettent de la crème partout ! Et le bruit ! On ne s'entend plus : les tables minuscules à cinq centimètres l'une de l'autre...

J'avais sursauté aussi en entendant, venant d'un homme qui ne donnait aucune valeur à l'argent et n'en parlait jamais :

— Tu te rends compte du prix du riz Arborio ? Trois fois ce qu'il coûte en Italie.

Et le jour où je lui avais dit que je voulais déposer une demande de naturalisation française (même si cela arrivait tard, je considérais la démarche en accord avec ma vie passée et l'amour un peu insensé que j'avais eu pour ce pays), il avait réagi avec exaspération :

— On ne va pas recommencer avec les certificats de naissance et de mariage ! C'est absurde ! Je refuse de participer à un nouveau calvaire administratif.

J'avais prévu sa réaction et, la craignant, j'étais déjà passée à la préfecture sans le dire. Le dossier faisait peur : il y avait une liste de seize pages de documents à fournir. En original et en copie. Des demandes presque poétiques tellement elles étaient difficiles à satisfaire. Comment aurais-je pu trouver la date de mariage de mes parents... Ils m'avaient seulement raconté que l'après-midi même de ce grand jour, au début des années trente, ils avaient sérieusement entamé leurs économies sur le paddock du champ de courses ; au point de devoir renoncer à partir en voyage de noces en Europe. Pas de quoi convaincre un officier d'état civil.

L'adieu à la rue Monsieur-le-Prince coïncida avec la fin d'une période douce. J'avais tous les jours mal au cœur.

★

Une amie journaliste italienne, ancienne star des hebdos féminins, m'avait dit un jour avec aplomb : « La cinquantaine est la vieillesse de la jeunesse alors que la soixantaine est la jeunesse de la vieillesse. » J'avais aimé et retenu la formule ; elle adoucissait les transitions et traçait un double lien avec l'avancée de l'âge. Il y avait le mot jeunesse dans les deux cas ; la frontière restait floue.

Au début du nouveau siècle, j'étais donc entrée dans la jeunesse de la vieillesse, j'avais changé d'appartement (pas de rats dans le nouveau, une vue splendide sur les tours de Saint-Sulpice). L'odeur de la térébenthine avait disparu du palier. Giacomo travaillait la plupart du temps à Milan où il s'était réinstallé dans son ancien logement ; je prolongeais mes voyages d'affaires pour dîner et passer la nuit avec lui une fois par semaine. Rien de profond n'avait apparemment changé : il avait choisi de retourner vivre chez lui sans donner à cette décision un caractère définitif ou symbolique. C'était sa liberté et je la comprenais. Le restaurant du coin s'appelait *Il Cinghiale* (le sanglier), il excellait dans les plats avec polenta et se surpassait dans les recettes aux cèpes. Tôt le matin un taxi me conduisait à l'aéroport de Linate.

J'avais aimé les aéroports, les retours le soir chez nous, les bains chauds avant de se coucher. Longtemps, même l'esthétique des terminaux m'avait plu ; j'avais mes habitudes dans les « salons » où je prenais mes petits déjeuners et parfois un dîner rapide ; je fréquentais les boutiques de produits de beauté, il y en avait une à Milan que je trouvais si branchée et distrayante. Mais ce n'était plus du tout le cas. J'étais désormais frappée par la fatigue sur les visages de mes confrères qui se posaient pour quelques demi-heures dans les cafés ou arpentaient les galeries marchandes, la frénésie triste qui les poussait à contrôler et lire leurs messages sur l'ordinateur toutes les cinq minutes, les conversations, portables à l'oreille, qui tournaient toujours autour des taux de marge et presque jamais autour de leur vie personnelle. Je donnais des coups d'œil agacés dans les vitrines, ô combien nombreuses : mon reflet ne me plaisait plus. Pour ne pas parler de cette odeur infâme, identique dans tout le monde occidental, des boutiques qui vendent à la fois des produits gastronomiques et des parfums ; l'odeur de fromage mélangée à celle du patchouli était aussi dégoûtante le matin que le soir.

Elle est liée à la sensation que les fils de ma vie, tressés bien serrés tant que Giacomo vivait avec moi rue Monsieur-le-Prince, se relâchaient et se défaisaient, l'un après l'autre. Restait le lien fort avec mon travail et celui avec la France et le français. Décidément ils auront été les points fermes de mon existence.

★

Ding dong… *Le professeur Van Hook qui devait faire une conférence sur l'activité volcanique dans les îles pacifiques est malheureusement souffrant. La conférence ne pourra pas avoir lieu ; elle est reportée à mardi prochain, le 21 juin à 21 heures. Il vous prie de l'excuser…*

Ding dong… *Pourquoi a-t-on changé la date de la conférence ?* a) *Parce que le conférencier est malade ;* b) *Parce que la salle n'est pas prête ;* c) *Parce que le conférencier a raté son avion ;* d) *Parce qu'il y avait de l'activité volcanique…* Ding dong…

C'était une des trente questions qui avaient résonné dans la salle de l'Alliance française du boulevard Raspail. J'avais réservé ma place un mois et demi à l'avance pour passer le test d'aptitude au français, obligatoire pour toute demande de naturalisation. Les voix se succédaient, il fallait vite noircir la case correspondante ; les candidats avaient trente minutes pour les vingt-cinq questions. Ils devaient écouter attentivement, déjouer de petits pièges, avoir bonne mémoire ; il n'y avait rien d'écrit dans le livret, le texte de la question ne passait qu'une fois et les sujets étaient des plus variés : les retraites, la paix dans le monde, les boulangeries, les collectivités locales, les cartes de fidélité.

J'eus une pensée pour Giacomo et mes amis. Auraient-ils ri de moi ? Auraient-ils compris pourquoi j'étais là ? J'avais prudemment décidé de ne rien dire à personne. C'était trop compliqué à expliquer.

J'étais assise à côté de l'homme le plus âgé de l'assistance ; il avait des mains de travailleur manuel, il avait mis une cravate. La quarantaine de candidats présents dans le petit amphithéâtre appartenaient à des mondes différents. Sept ou huit femmes voilées, enfin plus ou moins voilées ; trois jolies filles à jupes courtes et talons hauts, probablement russes ou d'origine slave ; de jeunes Maghrébins en baskets ; une femme dans la cinquantaine très élégante et sobre ; deux Libanaises, que je reconnus tout de suite grâce à leur accent, étaient venues ensemble et paraissaient des habituées.

Je crus comprendre que mon voisin de droite était turc. Dès la troisième question, il me sembla perdu et triste. Son bic hésitait entre les cases. Arrivé à la question de la conférence sur l'activité volcanique dans le Pacifique, il me regarda pour demander de l'aide. Je me penchai avec ma fiche pour la lui montrer sans faire de bruit. Une des surveillantes, une belle fille antillaise, arriva en claquant des talons, me jeta un regard réprobateur et se plaça tout à côté, lui faisant perdre tous ses moyens.

Les questions s'enchaînaient les unes aux autres ; c'était comme un jeu, simple et pervers ; un ordinateur aurait ensuite passé au crible les cases noircies et décidé du coefficient de compréhension orale. Nous devions, nous candidats, téléphoner un mois ou deux plus tard pour savoir si nos certificats étaient prêts afin de venir les retirer, personnellement, avec nos papiers d'identité. Il était impossible de connaître la date, même approximative. Impossible de déléguer quelqu'un. Impossible aussi de recevoir les bulletins par courrier. C'était un examen sérieux.

★

Je vivais sur un seul pied depuis que Giacomo avait déplacé son domicile et surtout son atelier.

Le travail m'accaparait en surface; en profondeur, j'étais entrée dans une zone de pilotage automatique.

C'était le début des années dures dans la presse écrite et surtout la presse féminine bas de gamme. Tout d'abord, on lançait de nouvelles formules avec des communiqués musclés et optimistes du genre «on va tout casser, les concurrents n'ont qu'à bien se tenir». Les formats rétrécissaient, vendre de la pub devenait un métier acrobatique; les DG cherchaient encore et toujours les synergies entre les magazines; les directeurs de rédaction (qui étaient souvent des directrices) arrivaient et partaient, les pots et les discours se succédaient à l'étage de la présidence. L'atmosphère devenait très nerveuse. Quand, ensuite, les nouvelles formules ne suffisaient plus, on passait à la vitesse supérieure; il y avait des suppressions de titres, des regroupements, des ventes. À la fin tout semblait inutile. Et les magazines se ressemblaient de plus en plus.

Cette agitation à laquelle je présidais ne me rendait pas fière. Elle ravivait des souvenirs. Il y avait autrefois des petits ateliers de couture dans les quartiers bourgeois des capitales et des villes de province où les couturières recevaient leurs clientes pour les essayages; on remontait les ourlets afin «de faire plus jeune», les rallongeait «plus chic», échancrait un décolleté «pas

182

trop », ajoutait une pince « pour donner de l'allure ». Les clientes plissaient les yeux, se regardaient dans les miroirs à triptyque. Tripotaient les grands magazines internationaux dont elles s'étaient inspirées pour commander leur robe ou leur veste. Essayaient de ne pas montrer leur déception quand le vêtement prenait forme.

La couturière s'appliquait; plus elle retouchait et plus la robe ressemblait à un sac à trous, identique à la robe de la cliente précédente. Elle soupirait, faisait ce qu'elle pouvait : pas grand-chose finalement parce qu'il lui était impossible d'adapter un rêve en tissu sur un physique commun. Heureusement les grandes enseignes de prêt-à-porter sont arrivées et tout le monde a eu accès à des vêtements pas chers, bien coupés, dessinés avec un certain goût et une certaine variété. Balayée en quelques années l'activité si ingrate des couturières à domicile. Les corps se sont adaptés aux vêtements et pas le contraire. Les clientes ont remplacé par des promenades apaisantes dans les magasins de fringues ces après-midi de tristesse où l'on repartait avec une pauvre tunique retouchée dans tous les sens dans l'espoir d'imiter un inaccessible modèle Dior ou Givenchy.

Une semblable mélancolie impuissante me prenait; on coupait, recousait nos hebdos, redistribuait les blancs, changeait les titres, les intertitres, les colonnes, la couverture. Pour plaire à un client imaginaire. On n'avait plus ni le temps ni la confiance de l'actionnaire pour laisser venir une invention qui corresponde à un goût, à une nécessité. Et qui s'installe dans la durée, comme un «produit d'avenir».

Au fond, comme les salariés du monde entier, j'attendais désormais avec impatience les vacances. Tard dans la vie, j'avais découvert l'océan. Nous avions tellement aimé la Bretagne, Giacomo et moi. Nous nous endormions comme des bienheureux dans des chambres d'où on entendait le vent dans les arbres. J'avais toujours faim et oubliais mon âge; il redevenait rieur, bronzait en quelques heures, me faisait goûter du cidre.

Je regrettais seulement les nouvelles marinas avec des dizaines de voiliers tous pareils à quai. Mais où avaient disparu les vieux bateaux de pêche? Ce fut pour cela, me dit-il, qu'il fallait partir une semaine de mai au Maroc: l'océan aurait la même lumière que j'aimais tant, mais je pourrais voir de vrais vieux rafiots entrer et sortir du port. Essaouira réveilla des émotions enfouies. Tous les soirs, avant le coucher de soleil, nous allions voir rentrer les chalutiers. Ils arrivaient du grand large, le ventre plein de sardines, un peu penchés, accompagnés de nuées de mouettes excitées. Leurs flancs fatigués avaient les mêmes couleurs que ceux décrits par Homère dans le catalogue des vaisseaux : pourpre, noir, bleu profond.

Pour revenir à l'hôtel, nous empruntions un passage où les vendeurs à la criée jetaient les têtes et les entrailles de leurs poissons. La puanteur était insupportable. Giacomo se bouchait le nez avec ostentation, mimait un irrépressible haut-le-cœur. Je me moquais de lui. Moi, qui connaissais les odeurs des ports depuis ma naissance.

Les boutiques sur le chemin regorgeaient de longs colliers à perles multicolores enfilés sur des tréteaux ; nous en achetions en choisissant avec application ; les embruns et la poussière ne ternissaient pas leur beauté sauvage mais les rendaient incroyablement poisseux ; nous les lavions au shampoing dans l'eau tiède du lavabo.

C'est vrai : on était presque vieux tous les deux, mais en vacances cela ne se voyait pas.

★

J'avais eu une ultime demande de la préfecture concernant mon dossier de naturalisation : ils me demandaient une lettre manuscrite de Giacomo où il déclarerait sur l'honneur ne pas souhaiter s'associer à ma demande. Obligée de lui dire que mon dossier était bien avancé, je préparai moi-même le texte qu'il recopia et signa. Nous étions à Milan ce soir-là, je minimisai et coupai court. Sans succès.

— Tu vois que j'ai eu raison de partir : ils ne veulent surtout pas de moi !

J'expliquai, en dame avisée, que les administrations n'ont pas d'affect, personne ne lui en voulait, personne ne souhaitait qu'il parte. Mais j'étais mariée et c'était « pour le bon ordre de leurs dossiers ».

— Ils ont peur que je me serve de leur sécurité sociale ! Que je demande le regroupement familial. Ils doivent penser que je suis un artiste des rues. Que tu m'entretiens avec ton job de patronne dans une multinationale. Bon, bon, tu trouves normal que je sois obligé de déclarer sur mon honneur que je ne demanderai jamais leur nationalité, alors que je ne l'ai jamais souhaitée ? Que je n'en veux pas ?

Le ton n'était plus drôle. Je fis des efforts pour passer à autre chose et parlai longuement de lui et de son travail, avec un élan que je ne feignais jamais.

De retour à Paris, j'envoyai par courrier le dernier document manquant. Avec un soupir de soulagement : presque vingt mois s'étaient écoulés depuis que j'avais commencé ma recherche de papiers. Cette démarche, inutile après tout, m'avait épuisée. C'était sûrement fini.

Quand, trois mois plus tard, je passai la porte du bureau de poste de la rue de Vaugirard pour retirer la lettre recommandée de la préfecture, je me demandais si j'allais faire une petite fête un soir prochain chez moi. Avec les amis qui étaient au courant; je pourrais m'habiller en tricolore. Pantalon bleu, chemise blanche, ceinture rouge, pourquoi pas? Une de mes connaissances, une longue fille si chic et admirée pour sa *french touch*, l'avait fait à l'occasion de sa Légion d'honneur; tout le monde avait trouvé cela spirituel.

Il y a plusieurs styles administratifs. L'emberlificoté se sert de tournures négatives du genre *je ne sous-estime pas... je ne doute pas...* et les accompagne souvent de tournures dubitatives comme *dans l'hypothèse où... il n'est pas exclu que... sous réserve de...* La lettre de la préfecture que je venais d'ouvrir adoptait, elle, un vrai style bonapartiste. Direct, assuré, rapide. *J'ai décidé*, disait-elle à la première ligne. *Après examen. En application de l'article machin chose.* Pas la peine de traîner. Ma demande était refusée.

Dans sa magnanimité, le délégué du préfet me disait que je pouvais, si je le souhaitais, déposer un nouveau dossier dans deux ans. Il n'oubliait pas de me rendre ce qui m'appartenait. *Vous trouverez en retour vos pièces d'état civil originales, leurs traductions, l'extrait de votre casier judiciaire étranger et votre test de langue.*

187

Je ne sais pas décrire le flottement qui m'envahit après la lecture de cette lettre. Incompréhension, surprise, rage, déception, tristesse, angoisse, désarroi, fatigue ne sont pas les bons mots. Ils sont de toute façon bien exagérés pour ce qui n'était qu'une péripétie dans une déjà longue existence. Si aujourd'hui, tant d'années plus tard, je devais raconter avec précision mon état ce jour-là, je dirais que le sentiment dominant était une honte sans objet défini, une honte enfantine. L'histoire se rembobinait à toute vitesse et je me retrouvai sur le pont de l'*Esperia*. Mais sans le réconfort de mon père et de Lawrence d'Arabie.

Giacomo ne put s'empêcher de me faire remarquer qu'il avait eu raison en me mettant en garde.

— Et pas que moi : comment il s'appelle cet écrivain de tes amis, celui qui t'a toujours affirmé qu'il « fallait toujours un peu se méfier des Français » ? Et celui qui t'avait dit que, si tu voulais à tout prix un passeport supplémentaire, tu aurais mieux fait de demander celui du Kazakhstan... ça aurait été plus rigolo.

Mais il décida assez vite de ne pas insister, changea de discours et m'entraîna dans son atelier.

★

«Je m'appelle Corto Maltese. Je suis marin.»
Combien de fois avais-je lu ces phrases inscrites
dans les bulles des aventures dessinées par Hugo
Pratt. Elles ponctuaient les rebondissements des
histoires échevelées que j'aimais tant depuis
qu'Oreste del Buono me les avait fait découvrir
dans *Linus*, un journal qu'il dirigeait à Milan.
C'était bien la seule BD que je lisais depuis les
années soixante-dix. Leur héros allait vite, trop
vite, galopait entre les guerres et les légendes,
naviguait de part et d'autre de l'Atlantique ; entre
deux aventures loufoques, il revenait de temps
en temps se poser à Venise. Un bâtard romantique
né à Gibraltar, fils d'une Juive de Séville et d'un
officier de Sa Majesté, menteur comme pas deux.
Et pas si gentil que ça : assassin sans remords
quand les circonstances s'y prêtaient. Dans sa
bouche, Pratt usait et abusait de sentences bien
tournées, estampillées macho sentimental ; je
citais toujours une de mes préférées : «Les femmes
seraient merveilleuses si on pouvait tomber dans
leurs bras sans tomber entre leurs mains.»

J'avais acheté une casquette comme la sienne,
je la mettais l'été à la mer. Dans mon bureau parisien un grand poster tranchait avec l'ambiance
stricte. Corto tirait sur son pull à col roulé noir, se
cachait le menton et la bouche, regardait droit
devant lui, calme et effronté.

Eh bien, c'est moi qui allais décider pour lui
maintenant : il devrait me suivre sans faire

d'histoires. J'emporterais ailleurs mon marin en poster ; et aussi un tapis à rayures orange et rose trouvé dans un bazar du Sud tunisien. Le temps était venu d'arrêter toute cette agitation, de s'éloigner. Il fallait savoir quitter à temps.

Je n'avais rien programmé de longue date. Mais tant de choses s'étaient dénouées en quelques mois : le départ forcé de la rue Monsieur-le-Prince, Giacomo retournant chez lui, ma baisse de tension au travail, le refus de ma demande de naturalisation qui sonnait comme un glas. Je voyais dans cette accumulation un signe du destin.

Je pensais à tout cela un dimanche matin en parcourant seule un des itinéraires que je connaissais si bien de Montmartre à la Seine. Je regardais les immeubles avec affection. Il y a des squares que je n'oublierai jamais, des terrasses où nous avions mangé des tartines, un minuscule magasin de chapeaux où j'avais choisi une capeline couleur café, des restaurants indiens où je commandais le plat le plus pimenté, une place en pente où un vieux clarinettiste m'avait fendu le cœur en jouant du Sidney Bechet. C'était beau, mais ce n'était plus pareil.

Inutile de s'escrimer pour décrire ou expliquer l'influence du temps, des sentiments sur la perception des lieux. Personne ne fera mieux que Proust à la toute dernière page de *Du côté de chez Swann* :

«Les lieux que nous avons connus n'appartiennent pas qu'au monde de l'espace où nous les situons pour plus de facilité. Ils n'étaient qu'une mince tranche au milieu d'impressions contiguës qui formaient notre vie d'alors; le souvenir d'une certaine image n'est que le regret d'un certain instant; et les maisons, les routes, les avenues, sont fugitives, hélas, comme les années.»

# NEUF HEURES DU SOIR

— Dis un animal, le premier qui te vient à l'esprit.

— Un dauphin.

— Dis un deuxième animal, vite vite, sans réfléchir.

— Un tigre du Bengale.

— Allez, un dernier effort maintenant, un troisième animal, celui que tu veux.

— Un oursin.

Éclats de rire.

J'y pense en regardant une colonie de gros oursins sous la jetée d'Atrani. Enfin, on dit jetée mais il s'agit de cinq ou six mètres de ciment sur lesquels l'été est arrimé un ponton mobile. Les barques vont et viennent toute la journée, chargées de familles au complet. Les hommes, jeunes ou vieux, sont en général à la barre. Les yeux mi-clos, allongée au soleil, j'entends toujours les mêmes choses :

— Les chaussures ! Enlève tes chaussures !

— Je t'avais dit de descendre mon sac ! Tu oublies tout !

— Mais donne-lui la main ! Il va tomber !

— Je dois tout faire ! C'est pas des vacances !

Je vis ici plus de six mois de l'année, je rejoins Giacomo à Milan quand il commence à pleuvoir vraiment et que les journées sont trop courtes. À l'automne nous passons quinze jours à Paris : promenades, repérages, parfois de bonnes surprises. L'aisance permet des fins de vie plaisantes si on arrive à ne pas suffoquer de regrets.

La solitude n'en est pas une à Atrani. C'est un village, sur la côte amalfitaine. Les gens se parlent d'une terrasse à l'autre. Se retrouvent le soir autour des tables d'une *piazzetta* ; l'été on entend le vacarme des conversations, des cris, des musiques, monter jusqu'à mes fenêtres tard dans la nuit.

Les heures passées devant les barques et les zodiacs qui vont et viennent s'écoulent en regardant la lumière changer. Tous les matins en ouvrant la fenêtre de ma chambre, devant les reflets miroitants sur l'eau, je pense à « la mer aux mille sourires » de l'*Odyssée*. Les idées et les souvenirs suivent le mouvement des vagues.

Comme cette histoire d'animaux : c'était un test « psychologique » qu'une amie avait essayé sur moi. Elle m'avait assuré que, dans sa simplicité, il marchait toujours. Il était si élémentaire qu'on s'en servait pour débloquer la parole d'enfants difficiles. C'était son métier, les enfants renfermés, enfin cela allait le devenir. Nous avions presque vingt-cinq ans ; nous commencions à travailler.

— Alors, le premier animal que tu évoques, c'est toi. Ce que tu es vraiment, au début de la vie. Un gentil dauphin bondissant et curieux, tu te cherches des amis. Tu n'es pas craintive. Tu suis les bateaux qui croisent ta route.

Le deuxième c'est ce que tu voudrais devenir, un grand tigre dangereux et dominateur, les forêts du Bengale... L'aventure et tout le bataclan. Mais tu ne le deviendras pas, c'est impossible, c'est un rêve. Tu resteras dauphin.

Le troisième, c'est ce que tu deviendras. À la fin de ta vie. Et là, ça me fait rire. Personne ne m'a jamais répondu « un oursin ». Il y a plus glamour comme animal auquel finir par ressembler après toute une existence !

Je souris sur ma jetée de ciment brûlant. Mais oui, ce test pour enfants disait la vérité. Me voilà, preuve vivante à plus de soixante-seize ans (dans trois ans j'en aurai quatre-vingts : je me le répète pour y croire). Je m'accroche à un ponton, l'agitation autour de moi ne me gêne pas, au contraire, je bouge mes piquants au ralenti, me déplace avec lenteur, l'eau de mer me suffit.

La jeune femme du loueur de bateaux arrive avec un gobelet de café, tout juste sorti de sa Moka Express, si serré qu'il pourrait tenir dans un dé à coudre. Il est déjà sucré. Son petit garçon a tellement grandi. À dix onze ans, c'est le temps des premières amours ravageuses. Pour les garçons surtout. Les filles à cet âge se promènent en bande et rient en se poussant du coude. Lui, il attend, tourne la tête vers la plage, le regard fixe depuis au moins une heure, sa copine n'est pas venue aujourd'hui.

J'ai toujours eu peur de la passion amoureuse. Je n'ai jamais su comment faire quand elle m'était offerte. Je n'ai pas oublié Pierre au *Sporting Club* d'Alexandrie ; il avait onze ans, moi neuf ou dix, je crois : il n'arrêtait pas de me dire qu'il m'aimait, qu'il m'épouserait quand on serait grands. Je disais que moi, quand je serai grande, je partirai pour les îles Gilbert ou les Marquises, je n'allais pas me marier, je ne pouvais pas avec toutes les aventures qui m'attendaient. Mais s'il voulait jouer au badminton maintenant, je voulais bien.

— Et puis si tu m'aimais, tu ferais quoi ?

— N'importe quoi pour toi.

— Tu pourrais manger ce ver de terre ?

Le ver, tout rose, s'approchait de la petite pelle en bois. Il le regarda avec dégoût.

— Oui.

— Oui ?

Je le lui présentai sur la pelle avec un peu de terre. Pierre avait la trempe d'un héros, il avala le ver et un peu de terre aussi. J'étais terrifiée, j'avais provoqué quelque chose d'épouvantable. J'étais un monstre. Presque en larmes, je me tordais les mains ; c'était trop. L'amour était une catastrophe. L'amour faisait faire des horreurs. Je n'en voudrais jamais.

— C'est dégoûtant !

Pauvre Pierre, non seulement il ne m'avait pas séduite avec sa preuve d'amour suprême, mais je ne voulus jamais plus lui parler.

C'est un handicap : je n'ai jamais su ce que c'était que d'être «une amoureuse», en général on dit, dans un souffle : «une grande amoureuse». J'ai eu, bien sûr, des amies qui de l'avis de leurs proches entraient dans cette catégorie ; mais ce que cela signifie de l'intérieur, je ne l'imagine pas bien. Des femmes intenses, de grandes sensibles, éprises d'amour absolu. Si j'étais un homme de plus de trente ans, je changerais de trottoir, je sauterais dans un taxi, à moi la liberté. Si j'étais une femme en revanche... et voilà que je recommence à parler des femmes comme si je n'étais pas concernée. Je ne m'en sors pas. Bon, je suis une femme, il faudrait l'admettre une fois pour toutes ; je me rebiffe d'instinct quand on me ramène à cette évidence, mais c'est une erreur, une faiblesse, je plaide coupable. Le fond des choses réside peut-être dans mon peu de goût pour les toboggans affectifs qui sont associés aux histoires d'amour. Passion, flammes, ennui, déchirements, larmes.

Je n'aime ni les pleurs qu'on m'inflige ni ceux que je pourrais provoquer. Toute la mythologie des amoureuses qui attendent leurs coups de fil le cœur battant m'a toujours paru un peu fatigante. Même franchement casse-pieds. Le préjugé d'opinion favorable qu'elles suscitent est inexpliqué. Je ne supporte ni les reproches ni les chantages au nom de l'amour ; je ne comprends pas que l'on souffre pour souffrir.

J'ai l'amour primitif : possible ou impossible, glorieux ou tragique. Les stades intermédiaires me paraissent superflus.

Enfin, je devrais dire : «J'ai eu l'amour... j'ai eu un handicap... »


Un écriteau, solennellement signé *Capitaneria del Porto di Salerno*, a été accroché sur le mur à côté du rocher si pratique pour se jeter à l'eau. Il signale une interdiction absolue de plonger sous peine de sanctions multiples. On se demande bien pourquoi ; cela doit faire des siècles que les enfants et les ados plongent de ce rocher. Tout le monde voit le panneau, certains le lisent, personne n'a songé à l'arracher, tout simplement.

La femme du loueur de bateaux rigole : « Surtout ne le faites pas, le *vigile* va comprendre que c'est vous… » Elle ajoute, en regardant sa fille qui plonge, longs cheveux lisses décolorés : « Nous, c'est pas grave : on fait comme si cela n'existait pas, la pluie va l'effacer cet automne. »

J'adore ce village. J'adore la maison accrochée à un pan de la montagne qui le surplombe. Elle date du treizième siècle : une grande pièce voûtée, très longue, très haute. Sous la voûte, en bas-relief, deux croix des Templiers. J'ai fait des recherches : au temps des croisades les Templiers avaient des relais sur la côte. Ils les occupaient le temps de se reposer avant le grand saut vers Jérusalem et de ravitailler leurs bateaux en eau, chèvres, volailles, fruits. À côté de la grande pièce, somptueuse et nue, deux petites cellules de moines ; sur l'avant, deux terrasses. Tout cela n'est pas luxueux du tout, mais les murs, non cimentés, ont presque un mètre d'épaisseur et il fait toujours frais à l'intérieur. Au lever du soleil, le vent vient de la vallée, chargé d'effluves de citron et romarin mêlés ; à partir de deux heures de l'après-midi, par beau temps, il souffle de la mer. C'est très régulier ; quand les habitudes du vent changent, cela signifie que le temps se gâte ou que le long été est fini.

Il n'y a absolument rien à faire ici. À part décider le matin ce que l'on va manger midi et soir.

Rien. Je suis moi-même étonnée d'être si vite et sans efforts passée d'une activité exagérée à une oisiveté totale une grande partie de l'année. Je suis devenue l'oursin qui était programmé. Cela n'a pas provoqué de dégâts particuliers sur mon équilibre et mon humeur ; je savais que rien de ce que je faisais n'était destiné à « rester ». Supériorité des peintres : Giacomo ne s'est jamais posé de questions, ni sur son âge ni sur son travail ; il n'a jamais changé de rythme, il continuera à dessiner et à peindre jusqu'à la fin de ses jours.

Moi : poussière envolée six mois après mon départ. Quelqu'un a refait le business plan à trois ans et voilà tout.

J'ai acheté des palmes. Des modernes, comme on en trouve aujourd'hui : assez courtes, à plante bien large, réglables par une sangle avec facilité, même dans l'eau. Rien à voir avec celles d'il y a quelques années que l'on enfilait avec efforts et contorsions. Elles me permettent de nager longtemps sans me fatiguer et de ne pas craindre les retours à bout de souffle. Pour le reste, je veux dire mon apparence : ça va à peu près. Lunettes de soleil, chapeau de paille à large bord et paréo sont d'efficaces enjoliveurs l'été.

Quand je pars nager, la femme du loueur de bateaux regarde de temps en temps si tout va bien : un coup d'œil pour sa fille, un pour son fils, un pour moi. Avec discrétion. Cela me touche beaucoup. Je vois bien aussi que l'on évalue mes forces dans le village : les matins où je trimballe des paquets trop lourds, il y a toujours quelqu'un pour me dire de laisser là ; un jeune gars montera le sac de pommes de terre, l'huile ou les boîtes de conserve plus tard.

Quand je me suis installée ici, j'ai eu pendant quelques semaines la prétention de me « rendre utile » ; j'ai essayé de lancer des activités pour les enfants et les adultes, des événements culturels – création de pièces de théâtre ou autres choses dans le genre. On m'a écoutée aux terrasses des deux cafés, on m'a dit : « *Magnifico ! Ottima idea !* » J'avais en tête une soirée *Othello* qui aurait eu lieu la veille de la fête du village. Mais rien n'a vraiment marché ; nous avions cinq volontaires en compétition acharnée pour le rôle-titre, aucun candidat pour jouer Iago, une Desdémone mignonne mais qui s'est très vite découragée. J'ai moi-même trouvé a posteriori que c'était une drôle d'idée d'adapter du Shakespeare sur une petite place faite pour les bavardages, les cris, les glaces au citron. Je me suis coulée dans le moule, j'ai pris le bon rythme : ici tout se fait ou défait sans que la volonté de quiconque ne soit sollicitée.

★

Vers quatre heures de l'après-midi, j'en ai marre de ma jetée de ciment et du va-et-vient des zodiacs, je ramasse mes affaires (pas grand-chose, à part mes palmes et deux paréos) et je vais m'asseoir au café de la place à l'ombre. Un rite installé : je commande un grand Coca glacé. C'est une drogue douce, un dopant indispensable désormais. Une partie de la terrasse, le triangle de gauche, reçoit une connexion internet acceptable ; c'est le coin intello du village. Avec des utilisateurs solitaires et concentrés, souvent étudiants en rattrapage ou étrangers éclusant leur courrier. Tout autour les glaces dégoulinent.

Je lis d'abord mes journaux, en trois langues. J'archive les articles et éditos politiques que je veux relire le soir. L'intérêt pour la politique est revenu, il s'était assoupi du temps où j'étais chef d'entreprise et contaminée par l'idée que c'était dans le monde dit du travail que se passaient les choses. Je n'ai voté qu'une fois, tout juste majeure en Italie. Ensuite, dès soixante-huit, j'ai laissé tomber. Pour quelqu'un que la politique passionne, je reconnais que ça fait bizarre de n'avoir voté qu'une seule fois.

J'aurais voté en France. Si j'avais été française. Mais cela ne s'est pas fait. Ma demande de naturalisation avait été refusée, pour des raisons administratives que j'aurais pu dénouer en téléphonant à droite ou à gauche, en engageant le recours conseillé. Je n'ai été ni raisonnable dans mon désir si ardent d'acquérir un passeport dont je n'avais nul besoin, ni équilibrée dans la réaction qui m'a terrassée quand j'ai ouvert la lettre de la préfecture. Ce désir m'avait construite, disons que je m'étais construite autour de lui et autour de la langue que j'aimais plus que les autres, qui était la mienne. Des choix avaient orienté mon existence, et celle de mes parents avant moi, parce que nous rêvions en français. Je courais après un symbole familial, tout en prenant des airs détachés d'Européenne socialement bien installée. Je courais comme une écervelée pour que nos histoires, si floues et brinquebalantes, trouvent un socle définitif. Pour que les itinéraires en zigzag des générations qui m'ont précédée aient un sens et un aboutissement. Pour rentrer au port.

C'était puéril, naïf, inutile. Aucune appartenance certifiée par un petit carnet en papier ne peut résoudre ce genre de problèmes. Quelle fièvre m'avait frappée à la tête ? Pourquoi cette honte qui était montée jusqu'aux lèvres ? Comme si on n'avait pas voulu de moi, indigne de faire partie de cette grande nation, renvoyée par lettre, remise à sa place.

Une lettre administrative n'est rien, une péripétie souvent moins grave que d'autres, mais je lui avais accordé un pouvoir suprême ; elle avait réactivé des sentiments noirs et des souvenirs déchirants ; je m'étais même prise à me réjouir qu'il n'y ait pas d'au-delà afin que mes parents n'apprennent jamais que la porte était restée fermée ; eux qui disaient à la cantonade, quand on partait l'été pour les vacances : « Nous rentrons en France. »

L'Administration, j'ai passé ma vie à l'esquiver et à tenter de lui mentir. L'Administration, une mouche hideuse occupée à se frotter les pattes, me fixant avec ses gros yeux globuleux. Toutes mes failles sont radiographiées par leurs facettes. Impossible d'échapper aux vingt-cinq mille capteurs :

— Ha, ha… vous ne savez pas où est enterrée votre grand-mère ?

— Ha, ha… vous n'avez pas d'acte de naissance ?

— Ha, ha… vous ignorez le jour du mariage de vos parents ?

Pas étonnant que je n'aie pas suivi la tendance habituelle qui voudrait qu'au fil des ans tout le monde vire *Law and Order*. Ce n'est pas mon cas ; j'ai des réflexes de plus en plus libertaires ; des pulsions de plus en plus romantiques ; la Loi et l'Ordre m'agacent même si je suis vieille. Je constate qu'un des problèmes de la vieillesse, sauf maladie ou ramollissement cérébral, c'est que l'on vieillit jeune et, même, on meurt jeune. La jeunesse revient comme un souffle chaud parce que les contraintes sociales se sont évaporées. L'esprit de liberté trouve un espace mieux dégagé. Il permet sur le tard des idées, des espoirs dont personne ne sait plus que faire. C'est aussi triste que de mourir gentiment gâteux.

Assise à ma table du coin connecté de la place, tous les après-midi, en buvant mon Coca, je me consacre à mon plaisir du moment : les recherches par Internet. Pour moi en ce moment, il y a peu de choses aussi distrayantes. (Je suis obligée d'y travailler au café, impossible d'avoir du réseau en haut, à la maison.) Le mécanisme des moteurs de recherche est le même que celui de la mémoire. Une pelote monstrueuse. Il faut tirer les bons fils, lancer des associations de mots, les invertir, les déplacer, les enrichir ; ensuite nouer et tresser. Apprendre à survoler les occurrences répétitives, relancer quand on tient quelque chose d'intéressant ou de vraiment neuf. Plus on cherche, plus c'est romanesque. On avance dans une forêt touffue, il vaut mieux noter sur un calepin les chemins par où l'on passe pour ne pas trop s'embrouiller, parcourir les mêmes voies ou retomber dans des impasses. Mes enquêtes sont le prolongement des goûts fixes qui se sont révélés tôt et se sont développés ensuite, parfois souterrainement pendant des années, parfois au grand jour.

J'ai pu donner un nouvel élan à mes passions enfantines. Entre autres, j'ai avancé dans la connaissance des grandes batailles navales et de leur présence dans la peinture européenne. Sans mes recherches, qui ont la paresse sinueuse des rêveries, je n'aurais pas découvert un extraordinaire tableau du Rijksmuseum d'Amsterdam ; le peintre hollandais Cornelis Claesz van Wieringen y représente l'explosion du bateau amiral espagnol lors de la bataille de Gibraltar du 25 avril 1607 face aux Danois. La confusion, les flammes, la fumée envahissent la toile ; le peintre n'hésite pas à montrer les membres de l'équipage lancés dans les airs. Les êtres humains ne sont pas seuls à être projetés : l'explosion mélange les corps, disloqués dans les positions les plus inattendues, avec les balais, les tonneaux de vin, les chapeaux, les paniers à pain, une touchante petite échelle. Le ciel est bleu clair, impassible, strié de fumées pâles. C'est saugrenu et, malgré tout, très drôle.

Depuis plus d'un mois c'est une corvette du dix-neuvième siècle, *La Triomphante*, qui m'occupe deux heures par jour. J'ai trouvé à Paris et acheté chez un petit antiquaire une liasse de dessins au crayon, signés Ed. Jouneau. Tous les dessins que je possède décrivent les bâtiments à bord desquels ce marin français est embarqué à partir des années quarante. Il maîtrise son art. La main est très sûre. Au fil du temps, Jouneau a rédigé, sans le décider je pense, un journal en images, en notant soigneusement les dates, l'état de la mer, le nom des autres bateaux au mouillage ; dans certains cas, il a relevé les fonds et cela produit des halos concentriques entourés d'un nuage de chiffres. Il veut se souvenir de ses voyages et écrit au bas de ses crayonnés : « sable noir », « passe dangereuse », « roches blanches », « volcan éteint », « petit lac côtier ». Parfois son nom est à l'encre carmin, agrémenté d'une ancre elle-même surmontée d'une couronne royale. Tout est gris dans ses travaux à la mine de plomb, sauf sa signature et les drapeaux dont le bleu-blanc-rouge claque dans l'image.

On voit bien que la corvette *La Triomphante* est son vaisseau préféré. Il en est amoureux, il a dû penser à elle tous les jours pendant des années, même sur son lit de mort. C'est le bateau de sa jeunesse. Il la dessine ployée par les vents de tempête ou les voiles affalées par calme plat, devant des profils côtiers ou en pleine mer, parfois seule parfois précédant une flottille. Ses canons, douze à chaque bord, sont toujours bien visibles. Je fais des efforts d'imagination ; j'essaie d'entendre les ordres, de voir mon marin à la manœuvre, au repos son crayon à la main, couché rêveur dans son hamac.

Je commence à bien le connaître, ce cher Ed. Jouneau. Il s'appelle François de Sales, Guillaume, Édouard ; en septembre 1836, il est seizième sur trente-cinq à l'examen de sortie de l'École royale de marine, élève de deuxième classe, pile dans la moyenne. C'est sûrement là qu'il a appris à dessiner. Le 1er janvier 1841 il embarque à bord de *La Triomphante* qui met les voiles vers l'Océanie sous le commandement de Marie-François Sochet. Je suis presque sûre qu'il participe en avril 1842 à la prise de possession des îles Marquises. Il dessine, il dessine partout et chaque fois qu'il le peut. Appliqué et si talentueux.

Quant à moi, cela fait des semaines que je navigue sur les océans, exactement comme j'en rêvais enfant, grâce à ce marin que j'ai rencontré par hasard chez un antiquaire de la rue de Seine (lequel de ses descendants a décidé de vendre ce paquet de souvenirs, l'œuvre de sa vie, sans probablement y jeter un coup d'œil ?). J'ai téléchargé sur une clé USB des morceaux d'*Annales coloniales et commerciales*, des lettres d'officiers, des mémoires, des articles du *Journal officiel* et je suis allée imprimer tout cela dans un bar-tabac d'Amalfi. Une impressionnante moisson de documents sur ces années. Je constitue des dossiers. Je recoupe mes informations. J'essaie de mettre de l'ordre dans mes trouvailles.

Comme il est loin le temps où une nation envoyait une escadre dans un archipel lointain pour annoncer à un roi et à sa population de six cents hommes que la France lui faisait l'honneur d'accorder sa protection. Il y avait d'abord quelques coups de feu ; ensuite le jour solennel voyait se succéder musique militaire, messes et cantiques, défilé de marins en grande tenue, salves de canons. Les signatures accolées de l'amiral et du roi des îles étaient apposées au bas de documents rédigés avec solennité ; quelqu'un devait signer pour le roi (en 1842, celui des Marquises s'appelait Iotété, il était obèse, tatoué, débonnaire, obstinément réfractaire à tout nouveau dieu qui pourrait faire de l'ombre aux siens). Qui lui avait expliqué en quoi consistait la protection ? Pas les missionnaires en tout cas, consternés par ses tenues et son joyeux petit troupeau d'épouses dont il était fier.

Comme il semble loin le temps où l'on pouvait baptiser sans états d'âme un navire d'un nom si héroïque, si claironnant, si chargé de certitudes. La France était forte, expansionniste, sûre de sa primauté.

Au fond, c'est ce nom qui m'a séduite ; je dois être comme Jouneau ; j'aurais, comme lui, aimé plus que tout embarquer à bord d'un navire français qui m'aurait assuré de triomphes à venir. La mer pouvait être méchante tant qu'elle le voulait, la solitude angoissante, les ports dangereux, les retours à Cherbourg décevants : cela n'avait aucune importance, le triomphe était écrit.

J'ai vécu comme j'ai pu ; j'ai mieux que survécu : j'ai eu de la chance.

Mais il n'y a pas eu de *Triomphante* pour moi.

À six heures trente de l'après-midi les cloches de Santa Maria Maddalena sonnent avec entrain. C'est l'heure du *vespero*, les vêpres. L'heure aussi où il faut descendre les poubelles. De dix-huit heures trente à vingt heures, ni plus tôt ni plus tard. Le village s'est mis au tri sélectif des ordures avec une ardeur et un sérieux inexplicables. Il y a quelques années, les venelles qui grimpaient sur les deux flancs de la minuscule vallée (comme un entonnoir) étaient pleines de sacs plastique éventrés par les chats, qui attendaient un ramasseur distrait. Aujourd'hui l'ordre est installé ; tout le monde descend à la même heure avec plusieurs sacs de couleurs différentes. C'est un tri minutieux ; les grandes capitales qui séparent tout bêtement le verre du papier et du plastique devraient nous admirer et prendre exemple. Ici on trie les boîtes de conserve séparément après les avoir rincées, *idem* pour les pots de yaourt ; l'huile de friture et l'huile pour moteurs sont recueillies dans des conteneurs différents ; un sort spécial est prévu pour les couches d'enfants, les ampoules électriques... La rigueur est respectée. Je ne sais combien de temps cela durera, mais le village s'en montre fier ; il est le premier de la classe de toute la région et le proclame dans des affichettes où l'on est incité à ne pas faiblir dans cette croisade pour laquelle se mobilisent des « veilleurs écologiques ». Le tri est devenu le projet principal du village et un sujet de discussion récurrent. Il n'y a que peu de récalcitrants, ceux qui autrefois auraient été libertaires d'extrême gauche. Et moi, selon les jours. Une discussion a animé un moment la place la semaine dernière : il s'agissait de savoir si l'écologie était de droite ou de gauche.

On n'est plus à l'époque des Templiers et des Sarrasins.

L'horaire du dépôt des ordures pose quelques problèmes à ceux qui voudraient participer à la prière du soir : il faudrait d'abord descendre pour jeter ses sacs et ensuite remonter pour aller à l'église. Je le fais de temps en temps, je choisis un banc au milieu de la nef ; le soleil enflamme les vitraux, j'écoute le curé bafouiller mollement ses prières.

Depuis toujours j'ai autant de spiritualité qu'une sole limande. Je comprends le sens du religieux chez les autres ; ayant beaucoup lu sur le sujet, décrire leurs élans m'est aisé. Bref, je sais beaucoup de choses, mais je ne ressens rien.

J'avais presque oublié que c'est moi qui ai décidé d'être catholique, il y a très longtemps ; le jour où après l'école, dans le grand salon donnant sur le *Sporting Club*, j'ai annoncé à mes parents que je voulais être baptisée. Je ne suis pas si petite cet après-midi-là, huit ou neuf ans à peu près. J'ai les cheveux courts, je suis en uniforme. Ma mère, toute bronzée, a un foulard couleur aubergine noué en ceinture sur sa robe blanche.

— Baptisée ? Catholique ?

Bien sûr ; quoi d'autre ? Bon, visiblement elle n'y voit aucun inconvénient. Mon père n'a pas réagi. On entend le ventilateur. Flap flap flap. Il lit avec attention son journal, je ne vois pas du tout son visage, caché derrière *Le Progrès égyptien*. Ma mère répète :

— La petite dit qu'elle voudrait être baptisée...

Après un silence qui me semble long, sa voix d'homme affectueux, calme et comme toujours un peu indifférent :

— C'est une bonne idée, je trouve.

Le soir, après dîner, je rince et étends mon maillot et mes paréos. Je me sers d'une lessive au jasmin, le lendemain ils seront secs, doux, parfumés. Une chaise longue m'attend sur une des terrasses après mes coups de fil. Giacomo appelle très régulièrement ; il ne s'ennuie pas en mon absence, mais je sens qu'il s'inquiète un peu. Pas de ma santé : il n'arrête pas de me dire que j'ai une bonne voix, ce qui le rassure et le soulage. Non, ce sont mes passions, mes « marottes maritimes », qui lui paraissent un peu exagérées. Craint-il que mes histoires de batailles navales et d'explorations soient les prémices d'une fatigue intellectuelle ? Je pense qu'il ne voudrait pas que je me transforme en grande dame évaporée. Il faut dire qu'emportée par l'élan de confiance et d'amour qu'il m'inspire toujours, je lui ai raconté, avec une fougue non contrôlée, toutes mes récentes découvertes sur les colonisations en Océanie et en Afrique de l'Ouest, la vie à bord en ce temps qui paraît si lointain. Il riait la dernière fois qu'il est venu passer une semaine ici : les aventures des missionnaires aux prises avec les « sauvages » des archipels et avec Iotété qui défend sa semi-nudité et sa polygamie l'ont beaucoup amusé. Les lettres pompeuses des amiraux proposant à leur ministre de transformer pour le bien de la France ces îles paradisiaques en lieux de déportation pour criminels ou déviants politiques l'ont fait rire aux larmes.

Nous sommes heureux et bavards quand nous sommes réunis Giacomo et moi, pas malheureux du tout quand nous sommes séparés ; nous avons choisi ce que la femme de mon dentiste appelle avec une pointe d'envie un genre de vie « moderne » ; il faut dire que son mari mutique ne doit pas être souvent marrant.

Les soirs sur la terrasse, au printemps et en été, sont délicieux. Je ne lis pas, j'écoute les bruits de la place, le vent se faufile entre les maisons, la mer reflète des lueurs tremblées. Les chauves-souris (très petites et inoffensives par ici) commencent leurs manèges totalement dépourvus de sens logique : elles volettent en tournoyant sans but, puis se cognent brutalement contre des murs invisibles, comme si elles heurtaient des parois de verre. Affolées, elles marquent une pause, avant de reprendre leur activité fébrile.

Cela fait drôle de penser à tous ceux qui laissent passer les années sans faire de commentaires, sans élever de protestations, sans donner leur avis ; sans avoir envie d'écrire la moindre note en bas de page destinée à atténuer la raideur laconique des documents administratifs les concernant. Ils arrivent au crépuscule de leur existence et restent encore et toujours humblement silencieux. Pour ne pas parler de ceux qui traquent, piétinent et détruisent toute trace, comme l'a fait ma mère ; afin qu'après leur départ même les objets se taisent à jamais.

Je suis à peu près sûre qu'il vaut mieux laisser derrière soi quelques réflexions, quelques commentaires. Les noter si on peut. Et ne rien détruire. Je n'ai pas eu d'enfants et de petits-enfants que le bazar des souvenirs amassés dans des boîtes aurait amusés. La redistribution de mes trésors se fera sans passage de génération ; elle sera assurée par les marchés aux puces et les antiquaires. Un jour, peut-être, quelqu'un recommencera à rêver en tombant par hasard sur mes cartes postales du Canal ou d'Aden, les dessins de voyageurs, les photos qui m'ont appartenu ou que j'ai prises moi-même. Palmyre, Aboukir ou le Fayoum appartiendront à un monde disparu pour de bon : destinations saccagées, violées ou trop risquées.

Au fur et à mesure que la nuit se fait plus noire, l'étrange figure qui apparaît sur le pan de montagne en face de ma terrasse devient de plus en plus distincte. Le réflecteur posé derrière l'église de Santa Maria Maddalena fait ressortir les bosses et les creux de la falaise. Un visage humain de trois quarts, souriant, un œil mi-clos, une moustache, un foulard autour du cou. C'est Giacomo qui l'a vu le premier ; il voit souvent les choses avant moi. Les premiers soirs nous attendions l'obscurité avec inquiétude, craignant qu'il ne respecte pas son rendez-vous. Nous l'avons baptisé « le pirate ». On ne le voit bien qu'à partir de neuf heures du soir.

C'est si fragile cette apparition ; il suffirait qu'un employé de la mairie décide de faire des économies et juge ce grand réflecteur coûteux et inutile ; il suffirait qu'il le déplace d'un mètre ou deux. Le jeu des ombres et des lumières en serait modifié ; notre pirate s'évanouirait ; il y aurait une autre figure sur ce grand rocher, ou un ensemble illisible de taches noires, ou rien du tout.

Tôt ou tard, cela arrivera, c'est inévitable ; alors, avec mon iPhone, je le photographie au début et à la fin de la saison, pour qu'il ne parte pas lui aussi sans laisser de trace et continue de hanter longtemps le haut du village. Pour ne pas l'oublier. Il m'arrive de montrer de temps en temps sa photo et je demande : « Que voyez-vous ? » Tout le monde voit le visage d'un homme souriant et narquois ; ils ajoutent : un prince, un guerrier, un mousquetaire, un pirate…

Je reste assise, j'attends le sommeil. Je respire, je ne lis pas, je regarde, je regarde.

Pas une virgule de l'Histoire n'aura été écrite par moi, mon existence n'aura rien ajouté ou changé au destin du monde. Mes traces sont dérisoires. Les « idées inexprimables et vaporeuses » qui ont traversé ma jeunesse n'ont rien produit. Tout sera vite oublié.

Mais ce monde je l'aurai beaucoup regardé.

MINUIT ET DEMI

Minuit et demi. L'heure a passé vite,
depuis qu'à neuf heures j'ai allumé la lampe,
et suis venu m'asseoir ici. Je suis resté sans lire,
et sans parler. À qui aurais-je pu parler,
moi qui vis seul dans cette maison.

. . . . . . . . . . . . . . . . . . .

Minuit et demi. Comme l'heure a passé.
Minuit et demi. Comme les années ont passé.

CONSTANTIN CAVAFIS,
*Depuis neuf heures.*

Ce livre est dédié à la mémoire de Gaby et de Vittorio.

J'ai eu la chance de rencontrer un éditeur-marin qui m'a décidée à l'écrire.

Je remercie Alice d'Andigné d'avoir été là.

Les passages de l'*Iliade* sont traduits par Eugène Lasserre ; ceux de Shakespeare par Jean-Michel Déprats et Gisèle Venet ; T.E. Lawrence par Julien Deleuze ; Constantin Cavafis par Dominique Grandmont ; Joseph Conrad par Hélène et Henri Hoppenot.

# DU MÊME AUTEUR

LA TRIOMPHANTE, Éditions des Équateurs, 2015 (Folio nº 6231), prix Méditerranée 2016.

# COLLECTION FOLIO

*Composition : IGS-CP à L'Isle-d'Espagnac (16)*
*Achevé d'imprimer par Novoprint,*
*à Barcelone, le 9 décembre 2016*
*Dépôt légal : décembre 2016*

ISBN : 978-2-07-079320-4/Imprimé en Espagne.